프롬 스톡홀름

1판 1쇄 발행 2017년 10월 30일

지은이 배주아

펴낸이 윤혜준 | 편집장 구본근 | 고문 손달진 | 디자인 박정민

펴낸곳 도서출판 폭스코너 | 출판등록 제2015-000059호(2015년 3월 11일)
주소 서울시 마포구 성미산로16길 32(우 03986)
전화 02-3291-3397 | 팩스 02-3291-3338 | 이메일 foxcorner15@naver.com
페이스북 www.facebook.com/foxcorner15

종이 광명지업(주) | 인쇄 수이북스 | 제본 국일문화사

ⓒ 배주아, 2017

ISBN 979-11-87514-12-1   (03810)

프롬 스톡홀름

프롬
스톡홀름

from Stockholm

어렴풋한 것들이 선명해지는 시간

배주아 글 · 사진

폭스코너

그때 나는 처음으로 혼자 여행을 떠났다. 삶이란 가변적인 것이어서 지금까지와 전혀 다르게 살 수도 있다는 걸 그 여행이 보여주었고, 이후 나는 실제로 다른 삶을 살게 되었다.

　나에게 무모함을 불러일으켰던, 그때는 어렴풋했지만 지금은 선명해진, 어떤 중요한 것들을 위해 나는 다시 그때의 길 위를 바라보았다. 그리고 써내려갔다. 눈부신 세상에 대한 감탄, 설익은 마음에 다가왔던 위로, 나조차 몰랐던 나를 문득 발견했던 기쁨, 여행이 아니었다면 깨닫지 못했을 어떤 의미들. 그것들은 결국 내가 원하는 것은 무엇이고, 내가 바라는 나는 어떤 사람인지 발견하기 시작했던 '여행의 기록'이자, 앞으로 어떻게 살고 싶은지를 꿈꾸고, 그 속에 도착하기까지 깨닫고 변화한 '삶의 기록'이었다. 이 책에는 그 과정이 고스란히 담겨 있다.

생애 첫 나 홀로 여행. 목적지는 어디라도 좋았다. 런던 웨스트엔드, 파리 센강, 피렌체 두오모, 페루 마추픽추, 아니면 뉴욕 센트럴파크를 보러 갈 수도 있었다. 하지만 당시 내 안에서 꿈틀대던 더 나은 삶에 대한 갈망은 스톡홀름이라는 생경한 도시를 찾아냈다.

국회의원에게 전용차도 개인비서도 없는 나라, 공무원이 자전거를 타고 출퇴근하며 농부가 정책에 참여하고 고등학생이 정치에 대해 토론하는 나라, 쓰레기와 폐수로 만든 바이오가스로 다시 요리를 하고 온수를 얻는다는 신재생에너지 선진국, 아빠가 장기간의 육아휴직을 신청하고 유모차를 끌고 다니는 풍경이 흔한 나라, 주관적 행복지수가 높다는 나라. 대체 이런 세상에 산다는 건 어떤 느낌일까? 전혀 달라 보이는 그들의 삶이 몹시도 마음을 끌어당겼다.

답답함에서 벗어나고 싶다는 이유, 낯선 나라가 궁금하다는 이유, 한 번도 혼자 여행을 해본 적 없다는 이유, 그 밖에 오랜 시간 동안 쌓아두었던 모든 여행의 이유를 지불하고 여행길에 나섰다. 좋은 거, 예쁜 거 많이 봐야지 하는 욕심으로 가방을 가득 채웠다. 그들이 가진 삶의 의미를 배울 수 있다면 아주 작은 것이라도 빈틈없이 꾹꾹 눌러담아 채워오리라 마음먹었다.

그러나 여행을 떠나게 했던 것과 여행에서 기다리고 있던 것은 전혀 달랐다. 그곳에서 나는 가져갔던 많은 것들을 오히려 미련 없이 버리게 되었다. 욕심뿐 아니라 답답함, 허무함, 두려움, 무기력 그리고 단단했던 생각들까지도.

매일매일 머리보다 감정이 숨 쉬는 날들을 보냈다. 다르게 살아가는 사람들과 다른 세상을 바라보며, 닿을 수 없을 것 같은 절망 대신 다르게 살 수 있을 것 같은 희망을 느꼈다. 여행의 변수만큼이나 예측할 수 없는 낯선 나를 만났다. 돌아오는 길에는 그만큼 마음의 모양이 달라져 있었다.

원하는 삶을 사는 것은 가능한 일일까? 스톡홀름 여행 이후로 그 질문은 항상 나를 따라다녔다. 그것은 비록 끊임없는 질문일 뿐이었지만 삶의 방향을 명확하게 잡아주었다. 내가 뭘 원하는지 나도 잘 모르겠어, 라는 말로 먹먹해지던 순간들, 여러 갈래의 길 앞에서 혼란스러워했던 고민들은 먼 과거의 일이 되었다. 어떻게 살면 좋을까, 하는 질문은 이제 여행 계획처럼 설레는 일로 다가온다. 외부에서 주어지는 삶을 과제처럼 살아내는 것이 아니라 나에게 주어진 시간을 길처럼 걸어가려 하기 때문이다. 내 앞에 놓여 있는 하루하루를 온전히 나의 날로 느낄 수 있다면, 매일매일을 견뎌야 하는 것이 아니라 내가 원하는 것들로 채울 수 있다면, 삶이 막막하지만은 않을 거라는 믿음이 있다.

원하는 순간을 발견하고 충분히 느끼고 그것에 집중할 수 있도록 삶을 바꿔주었던 여행, 이제 그 여정을 당신에게 건네려 한다. 그리고 바란다. 생경한 도시를 여행하며 당신의 오늘에서 멀어져보기를, 낯선 무언가를 느끼며 모르는 거리를 무작정 방황해보기를, 결국엔 미지의 당신 안으로 걸어 들어 가기를.

2017년 8월 말

이른 가을 바람 앞에서

배주아

차례

여행을 꿈꾸는 순간부터 여행자가 된다

스톡홀름을 다녀온 지 삼 년이 지났다. 생애 첫 나 홀로 여행이라는 사건. 그 여행을 통해 삶을 바라보는 각도가 달라졌으니 그것은 분명 사건이었다. 처음엔 미세했던 각도의 변화가 시간이 지나면서 이렇게 크게 벌어질지 그때는 몰랐다. 스톡홀름을 여행하고 온 그해 겨울 사표를 냈고, 긴 시간 내면을 돌아보는 기회를 가졌다. 다음 해 다시 혼자서 한 달간의 유럽 여행을 다녀왔다. 여행은 점차 삶을 바라보는 거대한 창이 되어갔다. 그 속에서 나는 이력서 대신 글을 썼고, 사진을 찍었다. 다음 직장이 아니라 평생 하고 싶은 일을 고민하기 시작했다. 결국 돌이켜보면 모르는 세상을 향해 디뎠던 당시의 첫발은 누구도 보장해주지 않는 어떤 삶을 향한 어렴풋한 출발이었다.

잘 살아왔는지, 잘 살고 있는지 또 앞으로 어떻게 살아갈지에 대한 생각이 머릿속에서 끊이지 않고 맴돌던 그때. 주어지는 삶을 버티며 열심히 살았음에도 현재의 행복은 다음번 혹은 언젠가, 라는 불투명한 말들로 덮여버리곤 했다. 꿈이 뭐냐는 질문, 어떻게 살고 싶으냐는 질문에도 선뜻 답을 할 수 없었다. 그런 질문들은 어떻게 살고 싶은지도 모르는 못난 사람처럼 스스로를 느껴지게 할 뿐이었다. 시계 초침이 나아가는 만큼 내 인생도 지나가고 있는데 그냥 이렇게 살다 끝나야 하는 걸까? 행복이란 건 나와는 먼 이야기라고 단정짓고 살아야 하는 걸까?

여행이 떠올랐다. 전혀 새로운 것을 해본다면 새로운 무엇도 느낄 수 있지 않을까 하는 막연한 생각이었지만, 어쨌거나 그 속엔 나도 모르는 나 자신이 아직 많이 있을 것 같았다. 일상을 벗어난 낯선 가능성 앞에서 나는 어디로 가고 싶어하고 무얼 선택하고 싶어할지 나조차도 궁금했다. 남들이 가리키는 방향이 아니라 내가 원하는 방향을 찾아보고 싶었다. 거창할 것도 없이, 그저 내 마음대로 해보고 싶었다. 내가 원하는 대로, 내가 하고 싶은 대로. 그 느낌이 가장 간절했다.

여행을 꿈꾸기 시작한 순간부터 나는 여행자가 되었다. 그러자 여행은 마치 인생의 다른 모습인 듯 나타나 말을 걸기 시작했다.

'어디로 가면 좋을까?'

인생에서는 그토록 두려웠던 질문이 여행 앞에서는 두근거리는 기대로 변했다. 여행에서 틀린 길이란 없으므로 어디든 정답이었다. 그 기쁨. 그 자유.

모든 것이 혼자서는 처음이었다. 항공편과 숙소를 직접 선별해서 예약하는 것도, 여행 루트를 짜는 것도, 예산을 정하는 것도, 여행지와 시기를 정하는 것도 모두 마찬가지였다. 노하우는 없었지만 그때의 설렘은 '처음'이 주는 단 한 번의 선물이었다. 매일 똑같이 반복되던 일상은 여행이라는 손님으로 인해 그렇게 반짝이고 있었다.

1부

세상의 찬란함에 감탄하며

떠나는 순간의
——— 특별함

떠난다는 느낌을 좋아한다. 익숙함을 떠나는 것도, 새로움을 향해 다가가는 것도 좋지만, 무엇보다 그저 떠나는 순간 주변에 감도는 특별한 공기가 좋다.

꼭 여행이 아니어도 나는 대체로 떠나는 걸 좋아했다. 독립할 때도 집을 떠나는 게 좋았고, 퇴사할 때도 회사를 떠나는 게 좋았다. 졸업은 물론이고 이사 가는 것도 좋아했고, 어린 시절 무작정 따라 나섰던 외출 길도 좋았으니, 그렇다면 아예 타고난 걸까.

떠난다는 것은 매력적이었다. 더구나 스스로 떠난다는 것은 주도적인 내가 되는 순간이었고, 그것만으로도 어렴풋이 자유를 느낄 수 있었다. 미래에 무슨 일이 일어날지 모르는데도 그저 더 나을 것 같았고, 이전과는 좀 다를 것 같았다. 지금이 너무 완벽해서 떠나는 것이 싫을 수도 있을까, 싶을 정도로 나는 항상 다른 시간, 다른 곳에 더 나은 것이 있으리라는 생각을 했다.

창밖에는 여느 때와 다름없는 평범한 날이 시작되고 있었다. 인천공항으로 향하는 버스 안에서 나는 마치 하나의 무대를 보듯 내가 속한 도시의 일상을 바라보았다.

어스름한 새벽 거리 위로 아침 일찍 하루를 시작하는 사람들이 걸어간다. 불을 켠 시내버스는 잠이 덜 깬 사람들을 태우고 어제와 똑같은 코스대로 멈췄다가 달리고 또 멈췄다가 달린다. 모두가 각자의 자리에서 자신이 맡은 삶의 역할을 오롯이 해내고 있다. 나도 그중 하나였으나 오늘은 그 무대를 벗어나고 있다. 그것만으로도 묘한 설렘이 느껴졌다. 오직 떠나는 날에만 느낄 수 있는 미묘한 감정. 그 느낌이 버스가 달리는 속도를 따라 내내 마음속으로 미끄러져 내렸다.

낯선 세상
——— 속으로

북유럽 시간으로 밤 아홉 시. 비행기는 코펜하겐 상공을 날고 있었다. 인천에서 출발해 상하이를 거쳐 코펜하겐에 이르기까지 스물세 시간이 지났지만, 아직도 스톡홀름에 도착하지 못했다. 풋풋했던 여행의 설렘은 오는 길에 다 흘려버렸는지 온데간데없고 피곤함만이 나를 짓누르고 있었다.

코펜하겐 공항에 내려 예약된 마지막 비행기에 탑승했다. 다음에 내리는 땅이 종착지인 스톡홀름이었다. 자그마한 비행기의 비좁은 통로를 따라 좌석 번호를 찾아갔다. 창가 자리. 간신히 의자에 앉아 한숨을 돌린 뒤 무심코 고개를 드는데 순간 눈이 휘둥그레졌다. 키가 190센티미터, 아니 2미터는 되어 보이는 거대한 사람들이 줄줄이 기내로 들어서는 것을 보며, 나는 더 커지는 눈꺼풀에 잔뜩 힘을 주었다.

큰 키에도 불구하고 구부정한 자세는 찾아볼 수 없었다. 다들 뭔가 견고하고 당당한 분위기를 풍겼다. 안 그래도 작은 체구인 나는 쪼그라드는 기분이 들어 어깨도 한번 더 펴보고 다리도 도도하게 꼬아보았다. 같은 인류가 맞나. 태어나 처음 보는 장면들의 서막, 확실히 새로운 세계였다.

비행기는 다시 한 시간 십 분을 날아 스톡홀름 아를란다 공항에 착륙했다. 함께 도착한 사람들은 각자의 목적지를 향해 서둘러 밖으로 빠져나갔다.

망설이지 않고 자연스럽게 입구 쪽으로 갔던 걸 보면 다들 이 도시에 속한 사람들이었을까. 나만 여행자였던 걸까. 혼자 우두커니 서 있는데 그들이 사라진 뒤 스르륵 닫히는 먼 출입문으로부터 서늘한 공기가 휘 날아들었다. 스톡홀름 바람과의 첫 만남이었다.

바람도 반갑긴 했지만 바람 외에는 마주칠 대상이 딱히 없었다. 고개를 돌려 둘러보았으나 직원은 보이지 않았다. 조명은 반쯤 꺼져 있고 나머지도 곧 꺼질 것만 같았다. 소리조차 사라진 어둡고 휑한 로비 한가운데 작고 어색한 실루엣 하나만 덩그러니 멈춰 있었다.

한밤중 낯선 도시에 도착했는데 사람의 온기가 없다는 건 무척이나 외롭고 막막한 일이었다. 누군가 따뜻하게 반겨주길 바랐기 때문이 아니었다. 그저 이곳에서 평범하게 오가는 발걸음이면 되었다. 아무렇지 않게 걸어서 내 갈 길을 가면 되는 일이었다. 그런데 그토록 검고 차가운 정적이라니. 누군가 마중 올 사람이 있기라도 한 것처럼 멍하게 서 있다가 문득 정신을 차렸다.

철저히 혼자라는 것이 이런 느낌이구나. 아는 사람, 아는 사람의 아는 사람도 없는 세상에 온 것이었다. 아무도 나를 모르는 도시. 이름이 불릴 일도 없을 테니 이름 없는 사람이나 다름없었다. 누구의 자식도, 누구의 친구도, 누구의 동료도, 누구의 무엇도 아닌 그냥 나, 뿐이었다. 어떤 연결도 존재하지 않는, 있어도 없어도 상관없는 사람이 되어 있었다.

　유혹이나 요구마저도 존재하지 않았다. 대신 한없이 주어진 자유와 책임. 그러니 즐기는 것도 즐기지 않는 것도 모두 나의 몫이었다. 나를 제외하고는 모든 것이 처음인 세상과의 만남, 그것이 여행의 시작이었다.

미련해도
——— 괜찮다

혼자서 여행을 가겠다면서 뭘 준비해야 하는지도 몰랐던 그때. 정말 나는 여행하는 법에 대해 아는 것이 거의 없었다. 늘 누군가와 함께였는데 혼자 하려니 사소한 것에서부터 겁이 났고 여기저기서 나타나는 필연적 실수들과 씨름을 해야 했다. 어떨 땐 과속방지턱만큼도 안 되는 것이 산처럼 느껴지기까지 했으니 그야말로 초보자가 겪는 미련한 씨름이었다. 하지만 모든 일은 익숙해지기 마련이어서 결국엔 여행이나 삶이나 예측을 벗어나도 별 일 일어나지 않는다는 것을 알게 되는 순간이 뒤따라오곤 했다.

　스톡홀름은 면적으로 따지자면 서울의 60퍼센트 정도 된
다. 외곽에 위치한 아를란다 공항에서 고속열차인 '아를란다
익스프레스^{Arlanda Express}'를 타면 이십 분 만에 스톡홀름 중앙역
에 도착한다. 그런데…… 사람도 없는 야심한 시각에 열차
는 있는 걸까, 걱정이 되기 시작했다. 원래는 밤 아홉 시쯤 도
착했어야 했다. 그랬다면 모든 것이 지극히 평범했을 것이고,
충분히 설레는 마음으로 공항을 빠져나갔을 것을. 상하이에
서 비행기 탑승이 세 시간이나 지연되는 바람에 밤 열한 시
반, 각본에도 없는 신선한 상황들을 가슴 졸이며 마주하게 돼
버렸다.

　플랫폼에는 다행히 아를란다 익스프레스가 문을 연 채 출
발 대기 중이었다. 숨을 쉬듯 웅웅대던 기계 소리가 어찌나
반갑던지. 그러나 열차 안에도 사람은 없었다. 사람, 사람을
찾아 칸을 이동했다.

　두어 칸 뒤에서 금발의 여자 승객 한 명을 만났다. 평소 같

으면 낯선 이에게 말 거는 일까지야 없었겠지만 상황이 상황인지라 몇 가지 질문을 해보았다. 스톡홀름 중앙역으로 가는 열차 맞냐, 하는 식의 뻔한 질문들. 그녀를 경계한 것은 아니었지만 그렇다고 가까이 앉지도 않았다. 그저 그녀와 적당히 거리를 둔 어느 지점에 자리를 잡았다. 그것만으로도 충분히 타인의 존재가 고마웠다.

아를란다 익스프레스는 정확한 시간에 목적지에 도착했다. 수많은 창문으로 장식된 아치형의 천장과 양쪽으로 늘어선 돌기둥들이 감성적으로 어우러지는 스톡홀름 중앙역사. 은은한 조명이 따뜻하게 감싸는, 영화 속에서나 보던 아름다운 역이 그곳에 있었다.

영화와 현실이 나뉘듯 바로 옆으로 연결되는 차가운 불빛의 공간은 스톡홀름의 지하철인 툰넬바나Tunnelbana 중앙역이었다. 툰넬바나 표를 사기 위해 발권 기계 앞에 섰는데 웬일인지 화면에는 알 수 없는 스웨덴어밖에 보이지 않았다. 하는 수 없이 지나가는 행인들을 향해 애처로운 눈빛을 보내보았지만, '도와드릴까요?' 하며 누군가 나타날 기미는 전혀 없었

다. 정말이지 눈곱만큼도 없었다. 스톡홀름에는 자신의 문제는 스스로 해결해야 한다는 선명한 공기가 흐르고 있었다.

우여곡절 끝에 숙소가 있는 오덴플란^{Odenplan} 역에 도착한 것은 밤 열두 시쯤이었다. 평생 처음으로 발을 딛고 선 텅 빈 거리 한가운데에서 이번엔 핸드폰 배터리가 나가고 말았다. 칠흑 같은 하늘 아래 발만 동동. 예약해둔 호텔이 지하철역과 매우 가깝다는 것은 알고 있었지만 농서남북 중 어디인지 알 길이 없었다.

가끔씩 지나가는 행인들이 보여도 그들의 리드미컬한 걸음을 깰 용기가 나지 않았다. 우물쭈물 망설이며 또 물끄러미 바라보기만 몇 분째. 뭐라도 해야겠기에 할 수 없이 무턱대고 몇 걸음을 떼어보았다. 알지도 못하는 스웨덴어 표지판을 뚫어져라 쳐다보았다. 방향은 있었지만 해석할 수가 없었다. 해석되지 않는 길을 향해서는 차마 발길이 떨어지지 않아 제자리를 맴돌기만 했다. 길을 잃었다는 두려움을 그토록 뼈저리게 느껴본 적이 또 있었을까.

몰랐기 때문에, 아무것도 몰랐기 때문에 바보같이 헤맸다. 헤매다가 용기씩이나 내어 택시를 탔고, 그렇게 미련하게 겨우 호텔에 도착했다. 모든 세상사는 동전의 양면처럼 행과 불행이 함께하는 걸까. 카드 키를 받아들고 배정된 방으로 가서 문을 열자마자 나는 마치 지난 하루의 모든 행운이 이곳에 모여 있는 것만 같은 순간을 만났다. 내 시선 앞에 정면으로 보이는 그것, 그것은 바로 유럽의 발코니였다.

높은 천장으로부터 길게 늘어져 있는 회색 암막 커튼 사이로 하얀 속 커튼이 하늘거리며 춤을 추고 있었다. 그 너머로 오렌지빛 조명이 퍼져 있는 바깥 풍경이 기다렸다는 듯 나를 바라보고 있었다. 캐리어를 팽개치고 얼른 다가가 속 커튼을 열어 젖혔다. 두 짝의 여닫이문에 각각 달린 손잡이를 잡고 돌리자 삐걱, 하는 소리가 새어나왔다. 두근두근. 문을 힘껏 잡아당겼다. 순간 차가운 밤바람이 와락 달려들어 머리칼을 온통 헝클어뜨렸다.

'내가 지금 어디에 서 있는 거지?'

태어나 처음 보는 비현실적인 광경이었다. 벌써 꿈속인 건 아니겠지? 은은한 가로등 불빛이 번지는 고요한 거리를 사이에 두고 유럽의 중세 건물이 이마를 맞대어왔다. 황홀한 아름다움이 눈과 영혼을 가득 채웠다. 오는 길이 미련했어도 좋다. 정말 오길 잘했다.

존재만으로
─── 기쁜 아침

눈을 뜨면 다른 세상. 그것이 여행 아닐까? 처음으로 혼자 한 여행에서 가장 먼저 감탄했던 것은 '얼마든지 다른 세상이 존재한다'는 사실이었다. 마치 다 쓴 줄 알았던 스케치북에서 다음 장을 발견한 느낌, 새하얀 캔버스를 마주한 설렘이었다. 다시 그릴 수 있을 것 같았다. 이전까지의 그림과 다르게 그려봐도 될 것 같았다.

잠이 깼다. 컴컴한 허공을 보니 아직 날이 밝지 않은 모양이었다. 엎드린 채 더듬더듬 핸드폰을 찾아 시간을 보니 아침 여섯 시. 어제 무리했던 것을 생각하면 아무래도 좀 더 자두는 편이 나을 것 같았다. 무거운 눈꺼풀이 천천히 내려갔다.

다시 눈을 뜬 것은 아침 여덟 시경. 그러니까 그때가 스톡홀름에서 맞이하는 첫 아침이었다. 침대에 누운 채 눈을 깜박이며 이리저리 둘러보았다. 어찌 보면 대단할 것 없는 평범한 호텔이었지만 그 공간이 나는 마음에 들었다. 내게 숙소는 물리적인 장소라기보다는 정서적인 공간이었기에 숙소가 마음에 들면 여행의 첫 단추가 잘 끼워진 느낌이 들곤 했다. 새로운 집에 이사 온 것 같은 착각도 들고 때로는 눌러 살고 싶은 욕심도 생겼다.

인생의 어떤 하루도 임시로 사는 것이 아니듯 여행의 어떤 숙소도 임시로 머무는 곳이 아니었으면 하고 나는 바랐다. 화려하지 않아도 상관없었다. 쓰러져가는 움막일지라도 그곳만의 아름다운 느낌이 있다면 자고 일어나는 일 또한 행복한 여행의 일부가 되게 해줄 거라 믿었다.

이불을 꺼안은 채 머리 위 커튼을 향해 손을 뻗었다. 살짝

들추었더니 하얀 빛이 쏟아져 내렸다. 얼른 이불을 밀쳐내고 발코니로 나가보았다.

'아, 더 일찍 일어날걸!'

찬란한 아침이 사방에 가득했다. 지난밤 어렴풋이 보았던 중세 건물의 에메랄드색 지붕이 햇볕을 받아 환하게 빛났다. 왼편에는 북유럽의 파스텔톤 건물들이 나란히 서 있는 한적한 거리가 뻗어 있었다. 그 위로 드넓게 펼쳐진 허공은 한없이 투명하고 짙푸른 하늘. 이런 하늘을 보고 청명하다는 단어가 만들어졌나 보았다. 선선하고 맑은 공기는 또 어찌나 상쾌하던지 몇 번이고 들이마셨다. 오른쪽도 아름답기는 마찬가지였다. 건물들은 툭 튀어나오거나 쑥 들어가는 법 없이 일부러 키를 맞추어놓은 듯 가지런하고, 초록잎의 나무가 가득한 거리는 휴지조각 하나 없이 깨끗했다. 그리고 마지막으로 눈부신 햇살, 그 투명한 빛이 이 모든 것을 완벽하게 감싸주었다.

해를 향해 얼굴을 내밀고 가만히 눈을 감았다. 이 아침은 인생의 수많은 아침들 중 잊지 못할 아침이 될 것 같았다. 아직 아무것도 하지 않았지만 그저 존재하고 있다는 사실만으로도 행복했다.

그런 느낌으로 존재하고 싶었다. 아주 일상적인 일만으로도 기쁜, 그런 삶이었으면 하고 바랐다. 매일매일 마음껏 하늘을 보고 감탄하고, 바람을 마시며 행복해질 수 있었으면 좋겠다고.

나는 어제와 똑같은 나일 뿐이었다. 달라진 건 장소였는데 그것이 그토록 단번에 마음을 바꿔놓다니. 열심히 살아간다는 것이 다 무슨 의미가 있을까 싶기만 했던 그때. 희한하게도 그 순간만큼은 어떤 것도 회의적으로 느껴지지 않았다. 나가고 싶고, 해보고 싶고, 살고 싶다는 느낌이 차올랐다. 이런 게 있었구나. 몰랐었는데 모른다고 없는 것은 아니었다.

'넌 죽고 싶은 게 아니라, 그렇게 살기 싫은 거겠지'라는 말이 떠올랐다. 만약 다르게 산다는 게 가능하다면, 그게 가능한 일이라면, 산다는 게 아름다워질 수도 있는 걸까.

그 도시의 거리를
—— 걷는 일

좋아하는 도시의 거리를 걷는 일은 그 자체로 기쁨이다. 목적지를 찾아 나선 길 위에서 문득 그냥 그것만으로도 행복했던 느낌을 여행자라면 경험해보았을 것이다.

처음엔 큰길로만 걷는다. 건물과 자동차와 쇼윈도를 구경한다. 그러다가 조금씩 골목 안쪽으로 걸어 들어가면 담벼락과 창문과 우편함 같은 것을 보게 된다. 그다음엔 누군가의 정원과 거실, 주방까지. 그러니까 이곳 사람들은 대체 어떻게 살고 있을까 하는 것이 궁금해진다. 대부분은 창가에 내어놓은 화분이나 빨래 정도로 만족해야 하지만 무언가가 궁금해지는다는 느낌은 작은 기쁨이 된다.

매주 일요일마다 열린다는 회토리엣 플리마켓을 찾아가는 길이었다. 그곳은 숙소에서 툰넬바나 두 정거장 거리에 있었으므로 나는 가볍게 걸어가기로 했다.

별생각 없이 거리로 나섰는데 머리 위로 반짝이는 햇살이 눈부시도록 쏟아졌다. 그 하얀빛이 몰래 그리고 특별히 나를 환영하는 것처럼 따사롭게 느껴졌다. 기쁜 마음으로 주변을 둘러보자 햇살뿐 아니라 세상 모든 것이 나를 위해 존재하는 것 같았다. 깨끗한 거리도, 유난히 예쁜 구름도, 맑은 날씨도, 적당한 기온까지 뭐 하나 모자람이 없는 완벽한 날. 행복한 여행자에겐 모든 것이 감사하기만 했다.

스톡홀름의 평범한 거리에는 특별하지 않은 건물들이 이어졌지만 유럽의 길을 처음 걷는다는 감흥에, 걷고 있다는 사실조차 잊었다. 걸음을 옮기는 것은 마음이고 두 다리는 그저 도울 뿐이랄까.

그런 기쁨으로 걸었다. 걷는 듯 나는 듯 시립도서관을 지났고, 도서관 옆의 작은 공원도 지났다. 이제 막 문을 열고 있는 카페를 지났고, 아무 가게도 아닌 대문들을 지났다. 이 도시에 속한 사람들을 지날 땐 나도 잠시나마 그들처럼 이곳에 산다고 믿어보고 싶었다. 시간 역시 지나고 있었지만 사라지지 않았다. 내 발걸음만큼 차곡차곡 쌓여가고 있었다.

쓸모없는 물건의
——— 소중함

어찌 보면 정말 별것 아닌 사소한 여행이었을지도 모른다.
하지만 걷는다는 행위가 어른에겐 당연한 것이어도 아기가
처음 뗀 걸음마는 큰 사건이듯, 내게 생애 첫 나 홀로 여행은
어른이 되어 배우는 두 번째 걸음마 같은 것이었다.

알고 보면 대단한 게 아님에도 유럽 여행에서 기대를 불러
일으키는 것 중 하나가 플리마켓이다. 낯선 도시의 플리마켓
에는 어떤 물건이 나와 있을지 나는 늘 궁금하다. 그 사물들

을 보면 그 도시 사람들의 집 안을 엿보는 듯한 느낌이 들고, 어떻게 살아가는지, 어떤 감성을 지녔는지 알 수 있을 것만 같다.

회토리엣 플리마켓은 이변 없이 열리고 있었다. 시간의 흔적이 가득한 낯선 물건들이 광장을 가득 채웠다. 카테고리를 규정할 수 없을 만큼 다양하고 소소한 물건들이 무질서하게, 아니 그들 나름의 질서에 따라 진열되어 있었다. 그중에서도 잘 손질된 물건은 주인의 따뜻한 마음까지 담겨 있는 듯하여 더욱 사랑스러워 보였다.

어슬렁어슬렁 몇 바퀴를 돌며 구경을 했다. 손때 묻은 숟가락, 포크, 유리접시, 사기그릇에서부터 낡은 가구, 신발과 옷, 인형과 장난감, 추억의 LP, CD, 책, 액자, 심지어 몇십 년 혹은 백 년은 되어 보이는 가족사진과 누군가로부터 받았을 엽서까지, 어디까지가 물건이고 어디까지가 삶인지 구별할 수가 없었다.

그 사물들 하나하나에 얼마나 많은 세계가 담겨 있을까.

인터뷰라도 할 수 있다면 소설 같은 이야기가 장르별로 흘러나올 것 같았다. 너는 어떻게 태어났니? 어디서 살았니? 무엇을 좋아했니? 주인들은 어떤 사람들이었니? 주인들에게 너는 결국 어떤 의미가 됐을까? 물어보고 싶었다. 어쨌거나 버려지지 않고 남겨져서, 누군가가 소중히 아껴주어서 이토록 햇살 좋은 날 마켓에 나와 새로운 주인을 기다리고 있으니 너희들은 그래도 운이 좋은 것 같아, 하고 말해주고 싶었다.

손뜨개로 만든 테이블보며 컵받침, 커버들이 가득 쌓여 있는 어느 좌판 앞. 나는 벌써 몇 분째 만지작거리기만 하고 있었다. 주인이 하얀 실 뭉치를 가지고 정성스럽게 짜서 만든, 하나도 똑같은 것이 없는 바느질 소품들을 고르고 고르다가 결국 돌려놓았다. 가격이 비싸기도 했지만 실제로 사용할 것 같지가 않았다. 사용하지 않으면 내가 그 물건의 주인이 아니라고, 그땐 생각했다.

하지만 지나고 나서 생각하니 꼭 실용성을 따졌어야 했나싶다. 쓸모가 없더라도 하나쯤 살 걸 그랬다. 쓸모없음에도 불구하고 끌리는 사물이라면 분명 이유가 있었을 텐데, 그 이유가 잊고 있던 소중한 무언가를 끄집어내줄 수 있었을지도 모르는데. 사물과 사람 사이에 꼭 용도만 있는 것은 아닐 텐데.

어쩌면 한 사람이 가지고 있는 쓸모없는 사물들이야말로 가장 그다운 무엇을 드러내줄지도 모른다. 누군가의 물건에서 쓸모를 빼면 그 사람이 남으니까.

언어가 사라진
―――― 위로

쿵스가탄 Kungsgatan 거리와 세르엘 Sergel 광장 주변은 모두 신시
가지였다. 옷가게와 패스트푸드점, 백화점, 영화관 등이 모여
있었다. 낯익은 간판들, 쇼핑백을 들고 오가는 인파 속으로
들어서려던 순간이었다. 어디선가 매혹적인 선율이 들려왔
다. 고개를 두리번거리며 이끌리듯 소리를 따라갔다.

쳘로 버스킹이었다. 2미터가 넘을 것 같은 훤칠한 키에 베
이지색 니트와 청바지로 깔끔하게 차려입은 남성 연주자가

스피커 반주에 맞춰 첼로를 켜고 있었다. 기타, 건반, 바이올린 버스킹은 본 적 있지만 첼로는 처음이었다.

조금 떨어진 벤치에 앉았다. 점점 음악 속으로 빠져들려고 하는 찰나 연주자가 갑자기 첼로를 세워두고 스피커를 만졌다. 그러는 사이 더 많은 사람들이 모여들어 연주가 시작되기를 기다렸다. 모처럼 주목받는 모양인지 연주자의 얼굴에 긴장감이 서려 보였다. 잠시 침묵이 흐른 뒤 새로운 곡이 흘러나왔다. 구슬픈 첼로 선율이 하늘 위로, 광장 속으로 울려 퍼졌다. 알 수 없는 곡이지만 멜로디가 아름답고 처연했다. 거리는 순식간에 아련한 빛으로 물들었다.

이렇게 맑은 날에 이렇게 슬픈 곡이라니……. 신나는 사람들로 가득한 파티에서 혼자만 슬픈 누군가와 함께 있는 듯했다. 그래서인가, 연주는 조금씩 마음을 파고들었다. 우두커니 앉아 귀를 기울이고 있는 것만으로 위로가 되었다. 무엇을 위로받는지도 모르는 위로의 순간. 나도 모르는 마음속 깊은 곳 어딘가가 녹아내렸다.

무작정 일어난 일이었다. 이게 뭘까. 이상했지만 이럴 수도 있구나 싶었다. 조금 전까지만 해도 나는 스톡홀름의 거리를 걷고 있었다. 눈부신 햇살에 감탄하며 그 어느 때보다 행복했다. 위로가 필요한 순간이 아니었다. 하지만 기쁨을 느낀다고 해서 슬픔이 사라지는 건 아닌가 보았다. 슬픔은 슬픔대로 바라는 것이 있는 모양이었다. 이를테면 위로 같은 것.

가끔씩 멜로디는 텍스트 없는 이야기처럼 들린다. 우리가 침묵이나 감정처럼 언어 아닌 것에 대해 그것이 무엇인지, 왜 그런지 언어로 해석하여 전달하던 것을, 언어 없이 본래의 덩어리대로 전달받는 느낌이 든다. 멜로디가 뭐라고 뭐라고 말하는 것을 머리는 이해할 수 없지만 가슴은 느낄 수 있다. 그래서 가슴이 주장하는 요구를 따라 나는 말없이 앉아 있었다. 설명 없는 그 위로를 받아들이며 마음껏 오해했다.

여행과
───── 식사

시계를 보니 오후 두 시가 지났다. 아침도 부실하게 먹었는데 이상하게 배가 고프지 않았다. 먹기 싫은 것은 아니었다. 다만, 먹지 않아도 배고프지 않았다. 아무래도 상관없었다.

문득 행복과 음식의 관계에 대해 생각했다. 맛있는 음식을 먹는 순간이 행복하기도 하지만, 행복한 순간일수록 맛있는 음식은 자주 잊히기도 한다는 사실이 떠올랐다. 나의 경우 회사에서 일하다 말고, 오늘은 정말 맛있는 거 먹어야지, 라고 생각했다면 그날은 엄청 스트레스를 받은 거였다. 맛있는 음식은 때로 영혼의 수혈 같은 역할을 했다. 반대로 메뉴 같은 것이 그다지 중요하지 않은 때도 있었다. 좋아하는 친구와 식사할 땐 테이블 위의 음식은 보이지 않았다. 접시와 접시 사이에 수다가 빼곡히 차려졌으니까. 심지어 사랑하는 사람과는 음식을 먹지 않고도 배가 불렀다. 입은 기쁨을 삼키느라 바빴다.

여행에서 식사는 어떤 의미일까? 맛있는 음식은 여행의 이유와 목적이 되기도 하니 여행에서 식사는 아주 중요한 행위 중 하나일 수도 있다. 그러나 혼자 여행을 떠나기로 한 사람에게는 식사가 조금은 부차적인 일이 될 수도 있다. 이날 나는 식사를 부차적으로 생각한 정도가 아니라 아예 까맣게 잊어버리고 있었다. 그리고 그 사실을 깨달았을 땐 그런 식의 망각이 조금 기쁘기까지 했다. 어쩌면 오랜만에 무언가를 사랑하고 있었기 때문인지도 모르겠다. 여행을, 삶을, 나를 혹은 그 순간을? 아니, 어쩌면 그것들은 모두 하나였을지도 모른다.

구름 한 점 없이 맑고 투명했던 하늘이 갑자기 시무룩해졌다. 전혀 비 올 분위기가 아니었는데……. 나는 물끄러미 하늘을 올려다보았다. 아니나 다를까, 이내 비가 쏟아져 내렸다. 얼른 피해야겠기에 어디로든 뛰어가려고 하는데, 뭔가 어색한 기운이 느껴졌다. 우산을 펼치는 사람이 없었다. 호들갑스럽게 뛰는 사람도, 서두르는 사람도 없었다. 그들의 시선은 여전히 당당한 직진이었고, 늘 있는 일이라는 듯 비를 맞아가며 걷고 있었다. 간혹 무심히 후드를 덮어쓰는 사람만 하나둘 보일 뿐이었다.

자세히 보니 모두들 비를 맞으면 안 되는 어떤 것도 갖고 있지 않은 듯했다. 세팅이 무너지면 안 되는 헤어스타일을 한 사람도, 빗물에 흘러내리면 난감할 만한 화장을 한 사람도, 물이 묻으면 치명적인 명품 가방이나 명품 옷을 입은 사람도 보이지 않았다. 세계적인 미남, 미녀들의 도시인 건 사실이지만 모두가 그런 것은 아니었다. 역시 시크함도 진정한 아우라는 겉에서 나오는 게 아닌가 보았다.

나는 머리카락이 젖는 것도 싫고, 눈썹도 지워지면 안 되고, 옷이 축축해지는 것도 싫었지만, 그들 속에 섞여 있으니 그런 고집쯤 조금은 내려놓고 싶어졌다. 시크하게 보이려는 게 아니라 힘을 빼도 괜찮다는 안도감이 느껴져서였다.

'알아보는 사람도 없는데, 뭐 어때.'

나는 (감히) 내 꼴을 비춰볼 거울이나 창문을 찾는 것도 그만두었다. 대신 비 오는 거리를 바라봤다. 그사이 가늘어진 빗줄기가 톡톡 떨어지고 있었다.

바람이 불었다,
─── 모든 게 달라졌다

스톡홀름은 물의 도시다. 그곳에 가면 스웨덴에서 세 번째로 큰 멜라렌^{Mälaren} 호수를 만나게 된다. 발트해와 인접한 멜라렌 호수는 바다처럼 푸르고 강물처럼 잔잔하다. 이 청명하고 푸른 호숫가에 처음 섰던 순간을 나는 잊지 못한다. 끊임없이 몰아치던 바람은 마음속 찌꺼기까지 휩쓸어갔고, 그 바람이 일으킨 마음의 파도가 곧 삶의 파도가 되었다.

하늘이 갰다. 금방 닦은 유리창 같은 거리에 상쾌한 풀 냄

새가 감돌았다. 중앙역에 들러 '스톡홀름 카드'를 샀다. 이 카드가 있으면 모든 교통수단은 물론이고, 일부 미술관이나 박물관도 무료로 입장할 수 있었다. 어느 도시에서든지 교통카드를 사고 나면 마음이 든든해졌다. 자, 이제 어딜 가고 싶어? 얼마든지 데려다줄게, 하는 느낌이 들었다.

만약 어떤 도시에 도착했는데 내게 아주 짧은 시간밖에 주어지지 않았다면, 나는 그 도시의 강을 찾아갈 것이다. 강물의 색과 물결의 출렁임으로 그 도시를 기억할 것이다. 강변을 걷다가 마음에 드는 다리 위로 가서 행인들을 바라보고, 하늘과 바람을 느낄 것이다. 이런 취향을 가지고 스톡홀름에 왔으니 나는 빨리 멜라렌 호수로 가보아야 했다. 그곳에서 노을을 바라보는 것이 그날의 가장 중요한 일이었다.

내가 탈 빨간색 저상 버스가 도착했다. 인식기에 카드를 대고 자연스럽게 올랐다. 스톡홀름에서 처음으로 버스를 타는 순간이라 조금 신이 났는데 버스 안은 텅 비어 있었다. 일요일 오후, 사람들은 대체 다 어디에 있나 싶을 정도로 도로 마저 한산했다. 버스는 서두를 것 없다는 듯 부드럽고 느긋하게 출발했다.

목적지는 칼 12세 광장 앞이었다. 멜라렌 호수를 감상하기에 이보다 완벽한 지점은 없을 테니까. 구시가지 중세 마을과 셉스홀멘, 유르고덴 등 아름다운 섬들을 바라볼 수 있고, 가까운 거리에 오페라극장과 국립미술관도 있으며, 호숫가에는 하얀 보트들이 정박해 있는 곳.

빛바랜 핑크색 외벽에 에메랄드색 지붕이 덮힌 '스톡홀름 그랜드 호텔'도 이곳에 있었다. 1874년에 오픈한 스톡홀름 그랜드 호텔은 요나스 요나손의 소설《창문 넘어 도망친 100세 노인》에도 등장하는 유명한 호텔이었다. 주인공 알란 칼손이 우여곡절 끝에 수중에 갖게 된 거액의 돈을 쥐고 방문하게 되는 '시내에서 제일 비싼' 호텔. '만 건너편으로 왕궁의 멋진 전경이 보이는 호텔 앞 벤치에 앉아 더없이 흡족해했다'는, 바로 그곳이 멜라렌 호숫가였다.

도시 한가운데에서 파란 물결이 일렁거렸다. 닿을 듯한 거리에 있는 멜라렌 호수를 보자 심장이 빨리 뛰기 시작했다. 마음이 급해졌다. 나는 서둘러 빛나는 그곳으로 다가가야 했다. 걸음이 빨라졌다.

하! 투명하고 짙푸른 호수의 신비로운 아름다움은 받아들이기가 벅찰 정도였다. 호수가 아닌걸. 그렇다고 강이나 바다도 아닌걸. 강처럼 탁하지도 유유히 흘러가지도 않고, 바다처럼 파도가 밀려오지도 않고, 그렇다고 호수처럼 잠잠하지도 않은걸. 그러니까 멜라렌 호수는, 제자리에서 일렁였다. 끊임없이 반짝거리며 흔들렸다. 멜라렌 호수는 그냥 멜라렌 호수일 수밖에 없겠다 싶었다.

또 한 번 걸음을 잊었다. 앞이든 뒤든 사방이 아름다운 광경들로 둘러싸여 있었다. 드넓게 펼쳐진 하늘과 그 아래에서 아름다움을 드러내는 중세의 지붕들, 저물어가는 오후의 금빛 햇살이 스카이라인 위로 쏟아지는 장관. 현실과 비현실이 마구 섞이는 것만 같았다. 현실은 나이고, 비현실은 나를 뺀 모든 것들. 그런 풍경들로 인해 똑바로 걸을 수가 없었다. 헤

매듯이 휘청거리며 길을 더듬었다. 그리고 그 끝에서 눈부시게 빛나는 파란 물결…….

가슴이 트이고 숨이 멎었다. 웃음이 나고 눈물도 날 것 같았다. 머리가 이해하는 것도, 가슴이 감동하는 것도 아니었다. 내 몸에 부딪혀 스며드는 현장감과 날것의 감각은 완전히 다른 차원의 무엇이었다. 살갗의 세포 하나하나가 깨어나 환호하는 축제, 내 손에 만져지는 살아 있는 삶의 순간이었다.

해는 따듯하게 저물어가고 바람은 차갑게 몰아쳤다. 내가 살았고 알았던 세상과는 전혀 다른 세상이 여기에 있었다. 내가 살아왔던 방식과 다르게 살아가는 삶도 존재한다는 것을 그제야 실감했다. 나의 정신은 고작 손바닥만 한 세상에 갇혀 산 것이었다. 그 속에서 어설픈 경쟁을 하며 보내온 시간들과 끝도 없이 엉켜 있던 고민들이, 바로 그 순간 스톡홀름의 바람과 멜라렌 호수의 물결 앞에서 한순간에 흩어져 날아갔다.

'안녕…… 잘가…….'

다시 바람이 일었다. 이제 모든 것이 달라졌다.

2부

소중한 가치들을 배우며

몸보다
────── 시간이
소중해질 때

무리한 탓인지 몸살감기가 왔다. 타지에서 혼자 아파 서럽다
는 생각보다 여행하지 못하면 어쩌나 하는 걱정이 먼저 들었
다. 그 순간 그런 생각은 고스란히 삶을 향한 시선에도 겹쳐
졌다. 나는 또 깨졌고, 깨져서 기쁘고 그랬다. 정말이지 조금
만 더 일찍 떠났더라면 좋았을 걸 싶었다.

　밤새 몸을 뒤척였다. 나는 몸을 둥그렇게 웅크리고 이불
속으로 파고들었다. 이러면 안 되는데……. 어제부터 목이
간질간질하더니 결국 편도선이 부어올랐다. 침을 조금만 삼

켜도 칼로 긁는 듯 따끔거렸다. 체력을 너무 믿었나 보았다. 그래도 목감기를 제외하면 그럭저럭 괜찮은 것 같았다. 아니, 괜찮아야 했다. 무엇보다 시간이 소중했으므로.

시간이 소중하다는 생각, 솔직히 거의 해본 적이 없었다. 몇 년 전 여름 아버지가 폐암 말기 선고를 받았을 때부터 이듬해 겨울 돌아가신 순간까지, 그 시기를 제외하고는 시간 같은 거 빨리 가버렸음 좋겠다고 생각했다. 삶에게 미안할 만큼 무심했다. 수업이 끝나기만을 기다리는 무료한 학생처럼 나는 무엇이 끝나기를 바랐던 것일까.

오랫동안 외면하고 덮어뒀던 소중함이라는 마음이 여행이라는 시간을 만나 다시 깨어나려 했다. 언제까지나 머물 수 없다는 한계 앞에서, 현재의 순간을 온전히 느끼고 누리지 않으면 그것은 축적도 보상도 되지 않는다는 긴장 앞에서.

아직 아침 여섯 시였다. 아침잠이 많은 편인데 이렇게 일찍 눈이 떠지는 것이 신기했다. 몸을 일으켜 앉았다. 그 호텔에서는 체크아웃을 해야 했으므로 마음에 들었던 유럽의 발코니도 마지막이었다. 그래, 즐길 수 있을 때 즐겨야지, 하는 생각이 얼른 들었다. 행복을 손해 보고 싶지 않다는 욕심 같은 것이 생겨버렸다.

일어나 잠옷 차림 그대로에 카디건을 걸쳤다. 커튼을 젖히고 발코니로 나가자 날은 이미 밝아 있었고, 시원한 아침 공기가 떠다니고 있었다. 일주일 전 온통 비로 예보되었던 것과는 다르게 연이어 날씨가 맑았다.

거리를 내려다보니 출근하는 사람들과 운동 나온 사람들이 걷거나 뛰어갔고, 한산한 버스도 지나갔다. 그다지 치열해 보이지 않는 나라다. 우리나라의 4.5배에 달하는 국토 면적에, 살고 있는 인구는 우리의 약 5분의 1. 본의 아니게 극과 극을 체험하고 있었다. 어쨌거나 나는 출근하지 않아도 된다는 소소한 흥분과 꿈꾸던 스톡홀름에서 아침을 맞이한다는 달뜬 감상에 실컷 젖어들었다. 콜록콜록거릴 때마다 목은 따가웠고 얼굴은 여전히 뜨거웠지만 그래도 입가엔 미소가 떠나지 않았다. 이따가 스웨덴 약국이나 가볼까?

사람과
사람 사이의
——— 공간

빨갛고 반들반들한 사과 하나를 손에 들고 발코니로 나왔다. 햇볕이 데워놓은 의자에 앉아 아름다운 풍경을 감상하며 사과를 한 입 베어 물려던 순간이었다. 허공을 울리는 거대한 소리에 심장이 덜컥 내려앉았다. 나도 모르게 등을 세우고 주위를 둘러보았다.

"딩— 딩— 딩—."

아름다운 오덴플란 거리에 묵직하고 은은한 종소리가 울려 퍼졌다. 시간이 멈춘 것일까. 마치 주문에 걸린 듯 아무것도 하지 못한 채 나는 가만히 울림만을 느꼈다. 재촉하는 종소리가 아니었다. 십 초쯤일까, 충분한 간격을 두고 한 번씩, 서두르지 않고 다가오는 경건한 신호였다. 힘들고 지친 자는 다 내게로 오라는 듯 따뜻함을 실어 나르는 소리. 그 소리는 다름 아닌 발코니 맞은편의 중세 건물, 구스타프 바사 교회에서 날아온 것이었다.

이곳의 일상적인 종소리가 여행자에게 예상치 못한 감동을 주었다는 사실을 그들은 알까? 만약 알려준다면 그들에게 작은 기쁨이 될까? 지나는 길에 교회에 들러 말해주고 싶다는 생각을 하다가, 아니라고, 감동을 느낀 것 또한 당신의 일이라고 선을 그을 것 같아 망설여졌다.

스톡홀름에 머무는 동안 그런 선을 종종 느꼈다. 옳고 그름을 떠나 이곳엔 그런 경계가 분명히 존재하는 것 같았다. 호텔에서 체크아웃할 때도 비슷한 느낌을 받았다.

마음 같아서는 내내 머물고픈 숙소였지만 다음 일정을 위해 조금 일찍 내려갔다. 마침 스웨덴 여자가 프런트 데스크를

지키고 있었다.

"헤이 헤이$^{\text{Hej Hej}}$."

그녀가 환하게 스웨덴식 인사를 건넸다.

"요 앞 시립도서관에 잠깐 다녀올까 하는데요, 캐리어 좀 맡길 수 있을까요?"

"네, 그러세요. 그런데 우린 그냥 저기에 둘 뿐이에요."

그녀가 가리키는 곳은 프런트 바깥쪽 로비의 한구석. 이미 대여섯 개의 검은 짐가방들이 대충 놓여 있었다. 태그나 번호표는 보이지 않았다. 한마디로 컨시어지 서비스는 없고 그냥 놓고 갈 테면 가라는 뜻이었다. 덧붙여 자신들은 분실에 대한 책임이 없음을 강조했다. 캐리어를 끌고 도서관에 가기도 뭐하고, 그렇다고 불안한 곳에 두고 가기도 께름칙했다.

"솔직히 저기에 두고 가긴 좀 그렇네요. 책임도 안 지신다고 하니."

"하시고 싶은 대로 하세요."

그녀는 내 사정엔 전혀 관심이 없었다.

"그럼, 거기 안쪽에 좀 두면 안 될까요?"

나는 마침 눈에 들어온 그녀 등 뒤의 공간을 가리켰다.

"네, 그러세요."

그녀는 내 요청을 흔쾌히 수락했다.

캐리어를 넘겨주고 나오며 깨달았다. 이 도시는 남을 위해 먼저 나서서 배려하는 곳은 아니구나. 자기 것은 자기가 챙겨야 하는구나.

대회를 하는 동안 그녀와 나 사이에는 지속적으로 느껴지는 간격이 있었다. 그녀가 계속해서 어떤 막을 만들어낸다는 느낌이었다. 하지만 그것은 타인을 밀어내기 위한 것이 아니라 자신을 보호하기 위한 공간 같았다. 그 안에서 그녀는 더욱 당당하고 부드러울 수 있는 것 같았다.

어쩌면 이곳 사람들은 모두 그런 것 하나쯤은 장착하고 사는지도 모르겠다. 모르는 사람들 눈에는 메마른 간격으로 보일 수 있겠지만 그들에게는 의미 있는 공간인 것이다. 그들은 그렇게 살아가는 듯했다.

거리를 걷다 보면 문득문득 느껴지는 것이 있었다.

'세상에, 이렇게 예쁠 수가. 특별히 화려한 건 없는데 어찌
된 게 다 예뻐.'

이런 인상은 사실 도착한 첫날 지하철에서부터 받았다. 내
부에 광고판들이 다양하게 붙어 있는 건 여느 도시와 다름없
었다. 하지만 눈을 뗄 수가 없다는 점이 달랐다. 폰트와 색상
이 세련되고 심지어 각각 다른 광고들이 서로 어울리기까지
했다. 무슨 내용인지 알 수는 없었지만 그 자체로 비주얼 디

자인 작품이었다. 거리도 마찬가지였다. 건물의 지붕과 벽돌, 출입문과 창문, 상점의 간판, 도로의 가로등과 다리 난간 같은 것들이 단순하면서도 감각적이었다. 너무나도 유명한 스웨덴 인테리어 디자인은 말할 필요도 없었다.

이처럼 세련된 스웨덴의 디자인은 굉장히 오랜 시간 발전을 거듭한 결과였다. 거의 백 년 전인 1919년, 그레고르 파울손^{Gregor Paulsson, 1889~1977}이라는 미술사학자가 이미 미학적 오브제의 폭넓은 필요성을 제기했다고 하니 말이다. 파울손의 생각은 민주주의적이고 비엘리트주의적인 디자인 철학이라 불렸다. 디자인이라는 가치가 비싼 값을 지불할 수 있는 사람들의 특권이기보다는 가능한 한 일상적으로 보다 많은 사람들이 누릴 수 있는 것이 되어야 한다는 뜻이었다. 이런 바탕에서 이케아 같은 기업도 탄생할 수 있었던 모양이다. 한때 이케아 물건들이 내 자취방의 감성을 책임져준 시절이 있었으니, 스웨덴의 디자인 민주주의는 지구 반대편의 한 동양인에게까지 영향을 끼쳤다고 할 수 있었다.

스톡홀름 시립도서관을 가보고 싶었던 이유도 아름다운 인테리어 디자인 때문이었다. 책들이 빼곡한 한 장의 도서관 사진이 보여준 장면은 감동적이기까지 했다.

그런데 막상 도서관 앞에 와보니 외관이 의외의 모양을 하고 있었다. 짙은 살구색의 사각형 건물 위로 같은 색의 나지막한 원통형 기둥이 솟아 있는, 기이한 형태의 건물이었다. 낯선 첫인상을 가진 채 정원 안쪽으로 걸어 들어갔다. 상아색 담장이 이어지고 초록 나무들이 하나씩 하나씩 더해지자 점차 수수한 감성이 느껴지기 시작했다. 색감의 조화가 과하지 않으면서 세련되어 기분마저 좋아졌다. 분명 촌스러울 수 있는 밋밋한 건물인데 볼수록 마음이 갔다. 파란 하늘까지 어우러진 데다가 담벼락에 표시된 폰트까지 예쁘니 점점 더 사랑스러워졌다. 의외라고 생각했던 디자인은 이제 어디에도 없는 이곳만의 매력으로 보였다.

도서관 출입문을 밀고 들어섰다. 어마어마한 높이의 직사각형 입구가 분위기를 압도했다. 행여 발소리가 날까 조심해

가며 서가로 이어지는 돌계단을 한 걸음 한 걸음 올라갔다. 마치 새로운 세계로 이어주는 통로 같은 돌계단을 올라 꼭대기에 도달했는데, 그러자 놀라운 광경이 펼쳐졌다. 사진 속에서 보았던 장면이었지만, 사진은 2차원이고 실재는 3차원이니 감동은 그 이상이었다. 투박하다 생각했던 원통형의 설계 역시 이렇게 아름다운 내부를 품고 있을 줄 몰랐다. 원통의 내벽을 둘러싸며 세 개 층에 걸쳐 수많은 책들이 빼곡히 꽂혀 있었다. 설계자인 군나르 아스플룬드 ^{Erik Gunnar Asplund, 1885~1940} 는 천재였던 모양이다.

책들은 마치 웅장한 오케스트라처럼 한꺼번에 펼쳐졌다. 거대한 원목 책장의 인테리어는 위협적이기보다는 따뜻하고 아늑했다. 꼭대기의 불투명한 창을 통해 들어오는 자연광과 높은 천장 한가운데 떠 있는 은은한 조명등 때문에 공간 전체가 부드럽고 차분한 빛으로 가득했다. 매일 오고 싶다, 한참 동안 머물고 싶다, 라는 생각이 저절로 들었다. 그러니까 이곳에 산다면 이 도서관을, 이렇게 아름다운 일상을 가질 수 있다는 말이지?

1층부터 3층까지 장르별로 구분되어 있는 서가를 천천히 걸었다. 여기저기서 책장 넘기는 소리가 고요를 깨트리고 있었다. 대부분 스웨덴어 책들이라 읽을 수는 없었지만, 무슨 책이라도 꺼내 읽고 싶은 마음이 강렬했다. 손에 잡히는 대로 한 권을 꺼냈다. 표지를 쓰다듬고 물끄러미 제목을 바라보다 책을 펼쳤다. 오래된 책 내음이 났다. 이마저도 좋았다. 책을 고르는 사람과 책을 읽는 사람, 이곳이 일터인 사람과 이곳으로 여행 온 사람 등 풍경노 제각각이었다.

시간을 잊고 책을 읽을 수 있을 것 같은 서가 뒤편의 은밀한 공간. 적당한 간격을 두고 놓인 의자에 백인 여자, 흑인 남자, 백발의 할아버지 등 다양한 사람들이 앉아서 차분히 책을 읽고 있었다. 책 속으로 빠져들어 집중하고 있는 모습은 언제나 그렇듯 아름다웠다. 그리고 나는 또 그렇게 스톡홀름에 빠져들었다.

마음이
가리키는 곳을
───── 향해

시청으로 향하던 길에 멜라렌 호수를 다시 만났다. 한 켠에
자전거를 세워놓고 의자에 앉아 강렬한 햇볕에 몸을 맡긴 채
늘어져 있는 사람들. 내가 스톡홀름에 살았다면 딱 저 모습일
텐데 싶었다.

멜라렌 호숫가에서는 욕심이 사라졌다. 그 앞에만 서면
모든 것이 그 자체로 충분했다. 그런 충만감을 언제 느껴보
았는지 기억이 나지 않았다. 강하게 불어오는 바람이 머리
카락을 흩트려놓기 일쑤였지만 더할 나위 없이 가득 찬 느

낌을 조금이라도 오래 담아두고 싶어, 나는 한동안 그 자리를 맴돌았다.

하늘은 어쩜 그리도 청초한 바다처럼 시원하던지, 구름은 어쩜 그리도 휘핑크림처럼 달콤하던지. 파스텔톤의 구시가지 풍경과 드넓고 파란 멜라렌 호수, 여린 초록 숲과 나무들, 청명한 공기와 바람까지……. 스톡홀름은 내가 상상했던 것보다 훨씬 아름다운 도시였다.

생애 첫 나 홀로 여행지가 스톡홀름이었다고 하면 사람들은 모두 의아해한다. 많은 사람들이 제일 먼저 꿈꾸는 도시가 아니기도 했고, 스톡홀름은 우리나라 사람들에게 생소한 도시였기 때문이다. 내가 여행을 다녀오고 나서야 한국에 이케아가 들어왔고, 북유럽 라이프 스타일과 감성이 공감을 얻기 시작했다. 그리고 스톡홀름으로 여행을 떠나는 사람도 훨씬 많아졌다.

하지만 그때 내가 스톡홀름으로 떠날 수 있었던 건 오히려 몰랐기 때문이었다. 다른 사람들이 어디로 여행 가는지 나는 알려고 하지 않았다. 내 마음이 향하는 곳, 내가 좋은 곳으로 선택했고, 결국 그런 선택이 나를 가장 특별한 여행으로 이끌었다.

나는 앞으로도 남들이 다 가는 유명 여행지라거나 누군가가 강력하게 추천하는 데가 아닌, 마음속 깊은 목소리가 조심스레 일러주는 곳으로 여행을 떠날 것이다. '저기다!' 그 한마디를 믿을 것이다. 바로 그 길 위에 가장 아름답고 진실한 시간이 숨겨져 있음을, 이세는 알기 때문이다.

나를
──── 버리는 여행

버릴 것이 많다는 걸 알았다. 나는 많은 것을 너무 꽉 움켜쥐고 있어서 힘들었던 거였다. 배운 것은 다 옳다고 여겼고 이상하다는 생각을 할 틈도 없이 믿고 살았다. 그중에서도 상처 입으며 얻은 믿음은 훨씬 더 단단해서 어떻게 해서라도 이것만은 지켜야 한다고 생각해왔다.

하지만 어떤 것도 배운 적 없는 낯선 여행길에선 나를 버리는 게 오히려 쉬워지곤 했다. 나의 무엇을 버릴지 미리 정하는 건 아니었지만, 예측할 수 없어야 붙잡지도 못할 테니 괜찮았다. 버린 부분의 대안이 나타나지 않아도 상관없었다. 예전의 나와 새로운 내가 순서 없이 뒤죽박죽 바뀌고 섞인다 해도 움직이고 있는 한 살아 있음을 느낄 수 있었다. 버리고 또 다시 채워넣는 일은 그렇게 차츰 내 여행의 방식이 되어갔다.

　호숫가를 따라 걷다 보니 어느새 시청 앞에 도착했다. 시청 앞 정원에는 스톡홀름치고는 꽤 많은 사람들이 모여 있었다. 텅 빈 거리를 걸어, 텅 빈 버스를 타고 와서일까, 사람들이 반가웠다. 이 도시는 자꾸만 사람을 반가워하게 만들었다.
　1923년에 완공된 스톡홀름 시청 건물은 세계에서 가장 아름다운 시청으로 불린다. 이 감성적인 공간에서 스톡홀름 공무원들이 근무를 하고 있다. 바꿔 말하면 스톡홀름의 시민들은 각종 서류를 떼고 주민 신고를 하러 이토록 미학적인 곳으로 온다는 것이다.

　내부는 공식적인 가이드 투어를 통해서만 볼 수 있었는데, 나는 세 시에 시작하는 마지막 투어에 참가하기 위해 서둘러

안으로 들어갔다.

투어의 출발점은 매년 노벨상 시상식이 열리는 1층의 '블루홀'이었다. 가이드는 키가 크고 체격이 좋은 젊은 여자였는데, 그룹에 동양인이 많아서 유독 더 커 보였다. 뿔테 안경을 낀 단발머리의 그녀는 아마 지겹게 반복했을 법한 숙련된 설명을 시작했다.

"아무리 둘러봐도 파란색은 보이지 않죠? 그런데 이름이 블루홀인 이유는 뭘까요?"

그녀는 질문을 던지며 시선을 집중시켰다.

사연은 의외로 단순했다. 원래는 푸른 벽돌로 지으려고 했으나 설계자가 중간에 이 붉은 벽돌—수제라고 한다—의 부드럽고 아름다운 음영 효과에 반해 벽돌 색을 바꾸게 되었다고. 그런데 이미 첫 설계 단계 때부터 알려진 '블루홀'이라는 이름이 너무나도 유명해진 탓에 그냥 그 이름을 사용하기로 했다는 것이다.

붉은 벽돌을 바라보며 블루홀이라는 이름을 생각해보았다. 당시 설계자였던 랑나르 오스트베리는 "그럼, 그냥 계속 블루홀이라고 해"라고 했을까, 아니면 "할 수 없지, 블루홀이라고 하는 수밖에"라고 했을까. 알 수는 없지만 거의 백 년을 두고 전해오는 유명한 스토리가 되었으니—혹은 그렇게 되지 못했을지라도—아무래도 괜찮을 것 같았다. 중요한 것은 이 공간이 근사하고 아름답다는 것, 그것이 아닐까.

'어떻게 그럴 수 있어?' 하는 생각들은 이제 여기 버리고 가야겠다. '그런 건 아무래도 괜찮은 것들'을 더 잘 가려낼 수 있는 사람이고 싶어졌다.

스톡홀름은 정치의 투명성으로도 유명하다. 모든 권력은 국민으로부터 나오고, 의원의 권력은 국민에게 부여받은 것이라는 의식이 현실화되어 있기 때문이다. 스톡홀름 시의원들은 본래의 직업이 있음에도 불구하고 시민을 대표하여 자발적으로 정치에 참여한다. 자전거를 타고 출퇴근할 만큼 평범한 사람들이며 월급도 따로 없고 교통비만 받는다고 한다.

스톡홀름의 회의장이라면 북유럽풍 디자인의 현대적인 공간일 거라고 상상했는데, 그건 내 착각이었다. 시청에서 직

접 본 시 회의장은 클래식했다. 19미터에 달하는 높은 천장
은 바이킹의 배를 뒤집어놓은 듯한 웅장한 장식이 분위기를
압도했고, 중앙에는 두 개의 커다란 샹들리에가 빛났다. 동양
적인 느낌의 붉은 커튼이 창가에 길게 드리워져 있었고, 원목
과 붉은 가죽으로 된 가구들은 중후하게 공간을 채워주고 있
었다. 백한 명의 시의원이 격주 월요일 저녁마다 바로 이곳에
서 회의를 한다. 이렇게 아름다운 공간, 오렌지빛 조명 아래
에서 말이다. 회의장 위쪽에는 이백 개의 방청석이 있어서 일
반 시민들도 참석할 수 있고 회의는 언제나 공개로 진행된다.

가이드의 어투에서 자부심이 느껴졌다. 평범한 사람들이
평범한 사람들을 위해 평범한 일들로 세상을 바꿀 수 있다는
것이 실감 났다. 규모가 작았기 때문에 가능하기도 했겠지만,
권력의 주인인 국민이 외면하지 않았던 것이 더 큰 이유일 거
라고 생각했다. 교육도 한몫을 했을 테고, 어쩌면 그 또한 누
군가 힘들게 바꾸었기 때문에 가능한 일이었을 것이다. 붉은
회의장을 빠져나가며 나는 잠시 부끄러웠고 또 무엇을 버려
야 할지를 조금씩 깨달았다.

스웨덴은 입헌군주제 국가라 민주주의를 추구하면서도 왕이 존재하는 나라다. 왕은 상징적 대표로 의전상의 역할만 수행한다. 그럼에도 스웨덴 국민들은 왕실의 이미지를 좋아해서 여전히 많은 지지를 보낸다고 한다.

현재 왕인 칼 구스타프 16세를 잇는 승계자는 빅토리아 공주로 정해졌다. 둘째인 왕자가 있지만 승계에 있어 양성평등을 실현한 것이다. 여성 대통령도 나오는 시대이니 생각해 보면 이해 안 될 것도 없지만 그래도 역시 멋진 결정이 아닌가 싶다. 게다가 빅토리아 공주는 개인 헬스 트레이너와 결혼하여 세계적인 주목을 받기도 했다.

시청에도 '왕자의 방'이 있었다. 창문에서 부드러운 빛이 쏟아지는 기다란 복도 같은 방. 그 방의 한쪽 벽은 온통 아름다운 그림으로 가득 차 있었다. 시청 건축 당시의 국왕이었던 오스카르 2세의 막내아들, 유겐 나폴레온 니콜라스 왕자의 작품이었다.

화가로도 유명했던 왕자는 멜라렌 호수의 풍경을 사랑한 나머지 복도에서 보이는 창밖의 풍경을 그대로 반사시켜 반대쪽 벽에 프레스코화를 그렸다. 그 시대의 명성 있는 화가를 불러 그리라고 지시해도 됐을 것 같은데 그는 직접 그 거대한 작업을 완성했다. 화가를 고용하는 것은 권력으로 가능한 일일 테지만, 예술을 완성하는 것은 노동일 것이다. 그래서 권력과 노동이라는 낯선 조합이 내내 기억에 남았다.

스웨덴에선 여신도 예외가 아니다. 시청 투어의 마지막 코스인 '황금의 방'에서였다. 사면의 벽과 천장이 모두 황금색으로 덮여 있어 눈을 뗄 수 없는 와중에도 벽면 중앙을 장식하고 있던 여성의 모습은 시선을 끌었다. 멜라렌 호수와 스톡홀름을 수호하는 여신 '멜라르드로트닝'이라는데, 여신의 외모가 참 개성적이라 자꾸만 웃음이 났다. 멜라렌 호수의 아름다움에도 못 미치는 듯하고, 스웨덴 미녀 이미지와도 거리가 멀어 보였다. 외모를 가지고 이러쿵저러쿵하기도 그렇고, 여신이 꼭 미인이어야 한다는 것도 선입견이지 싶어 잠자코 있는데, 가이드가 재미있는 이야기를 들려주었다. 사실 당시에도 여신의 미모에 대해서 여러모로 불만이 많았단다. 그런데 그걸 도저히 다시 만들 수가 없어서 어쩔 수 없이 지금 껏 스웨덴 사람들에게 욕을 먹고 있다는 것이다. 또 다른 벽에는 심지어 모자이크 계산을 잘못해서 목부터 잘린 초상도 있었다.

블루 컬러가 없어도 이미 유명해져버렸으니 블루홀이라는 이름을 유지하는 것, 여신의 아름다움을 표현하는 데 실패했어도 이미 만들었으니 유지하는 것, 유지하면서 내내 왜 그런지 설명하는 것이 이들에겐 대수롭지 않아 보였다. 나는 이해되지 않는다는 생각조차 버리기로 했다. 그래, 그러면 좀 어떤가. 부족해도 받아들여진다는 것, 스웨덴이 좋았던 건 그래서이기도 했다.

현실에서
——— 꾸는 꿈

나는 박물관보다 미술관이 더 좋다. 아무래도 미술관에 있는 작품들이 더 이상적이어서 그런 것 같다. 실제로 가진 게 별로 없어서 그런지, 욕심이 많아서 그런지, 그도 아니면 둘 다 때문인지 몰라도 나는 부인할 수 없는 이상주의자다. 종종 나는 상상을 한다. 상상 속 세계를 한 스푼만이라도 떠갈 수 있기를 꿈꾼다. 이 낯선 도시에 와 있는 것도 어쩌면 그런 이유가 이끌었기 때문인지도 모른다.

리모델링 중인 국립미술관 대신 스웨덴 예술아카데미 건물에 마련된 임시 전시장을 찾아갔다. 문을 열고 들어섰을 때 잘못 찾아온 게 아닐까 의심스러울 만큼 전시장은 고요했다. 걸을 때마다 울리는 내 발소리만이 매번 정적을 깨트렸다. 그 비밀스러운 전시장의 2층에는 생경한 스웨덴 화가들의 그림이 무심히 걸려 있었다. 이 도시의 옛 풍경이 어땠는지, 그 옛날 어떤 눈빛의 사람들이 살고 있었는지 말해주는 그림들. 굳이 복잡하고 의미 있는 해석을 더하지 않아도, 좋은 그림은 그저 좋았다.

스웨덴의 국민화가 칼 라르손^{Carl Larsson, 1853~1919}의 작품을 실제로 보게 된 것도 이때였다. 언젠가 인터넷 검색을 하다 우연히 그의 그림과 처음 만났을 때가 기억났다. 아름다운 인테리어와 아늑한 분위기, 행복한 집. 나는 꿈속으로 빠져들 수밖에 없었다.

아이러니하게도 라르손은 스웨덴 빈민촌 출신의 화가다. 어릴 때부터 화가의 꿈을 키우며 학업과 일을 병행한 라르손은 이십 대에 들어 마침내 파리로 떠나게 된다. 파리에서 예

술가로서 성공하고자 부단히 노력했지만, 결국 파리 살롱에 속하지 못하고 그는 다시 스웨덴으로 돌아온다.

하지만 지금의 칼 라르손은 이런 운명 때문에 유명해졌다고도 할 수 있다. 칼 라르손 하면 떠오르는 따뜻하고 목가적인 수채화는 이후 그가 가족과 함께 살았던 스웨덴 중부지방 순드본Sundborn의 집을 배경으로 하고 있는 까닭이다. 만약 그가 파리에서 성공했더라면 이런 그림들은 존재할 수 없었을 것이다. 아름답고 포근한 전원생활의 풍경, 아기자기한 인테리어와 소품, 평화로운 가족의 모습이 너무나도 이상적으로 묘사되어 있는 그의 작품들은, 라르손이 행복한 가정생활에 대해 가졌던 비전을 상상하여 그린 것이라고 한다. 아, 그 그림들이 모두 현실이 아니었다니 안도해야 할까. 그렇게 완벽한 행복이란 없는 것이어야 조금이라도 위로가 될 테니 말이다.

나는 그림 대신 사진을 찍는다. 타국의 거리, 낯선 사람들 속에서 누군가의 살아가는 무심한 모습이 아름다워 보일 때 셔터를 누른다. 짧은 순간 한정된 프레임에 아름다운 색조로

잡힌 그 장면은 잠시나마 나를 현실에서 이상으로 옮겨다 놓는다.

사진 속 주인공이 누구인지 모르지만 그 순간만큼은 아름다웠다고 말해주고 싶다. 나 혹은 당신이 매일 완벽하게 아름다울 순 없겠지만, 우리에게도 빛나는 순간이 있었다는 걸 기억하고 싶다. 복잡한 인파를 헤치며 거리를 당당하게 걸어가던 당신의 걸음걸이가, 연인과 손을 맞잡으며 수줍게 지었던 당신의 미소가, 늦은 밤 무거운 고개를 떨구며 묵묵히 퇴근하던 당신의 뒷모습이 무척이나 아름다웠다고 기록하고 싶다.

여행자와
——— 이방인 사이

스톡홀름은 인구밀도가 굉장히 낮은 도시다. 대략 따져보니 서울의 7분의 1쯤 된다. 서울 시내에서 한 명당 주변의 여섯 명이 사라진 느낌이랄까. 사람들은 매우 독립적이고 먼저 다가오거나 웃는 경우는 거의 없다. 하지만 말을 걸면 친절하게 반응한다. 처음엔 스톡홀름의 바람만큼이나 차가운 그들이 조금 서운했지만, 그동안 타인의 친절을 너무 당연시한 탓이려니 하고 생각을 바꿨다. 여행에서 만난 낯선 세상은 그렇게 한쪽으로만 치우쳤던 생각의 균형을 잡아주곤 했다.

스톡홀름의 저녁. 팔월이 끝나갈 무렵이라 바람은 어김없이 차가웠다. 한적한 도로 위에 자전거를 탄 한 무리의 젊은 이들이 멈춰 섰다. 신호가 바뀌자 질주하며 사라지는 사람들. 나는 다시 혼자가 되었다. 텅 빈 도시를 홀로 여행하는 기분은 묘했다. 누군가 반겨주는 이가 없으니 여행자가 아니라 이방인이라는 느낌이 사무쳤다. 누구도 날 밀어낸 적은 없었다. 다만, 어딘가 — 지나가는 타인의 숨소리에라도— 의지하던 습관을 둘 곳이 없을 뿐이었다.

휑한 거리의 바람은 마음속까지 쓸어갈 것 같았다. 하지만 헛헛한 공간에서라도 괜찮을 수 있어야 했다, 그 순간엔. 곁에는 아무도 없었고 내 마음은 오직 나의 책임이었으므로.

뒤에서 자전거를 잡아주던 누군가가 이제는 손을 놓아버린 듯한 허전함, 그리고 잠시 동안의 비틀거림 같은 감정이 들었지만 그래도 감사했다. 불안한 나를 붙잡아주었던 수많은 인연들이 있었음을 그들의 부재 속에서 느낄 수 있었다. 그리고 앞으론 정말 혼자 가야 할 것 같다고, 그럴 수 있어야 한다고, 그날 저녁 스톡홀름의 바람은 단호하게 일깨워주었다.

호텔로 돌아가는 길에 약국에 들렀다. 문을 열고 들어서자 하얀 가운을 입은 아랍계 여성 약사가 따뜻한 미소로 맞아주었다. 그녀의 눈빛이 벌써 반쯤은 아픈 데를 치료해주는 듯했다. 목이 따갑고 아프다, 편도선이 부었다, 증상을 대략 설명하자 두 가지 약을 추천해주었다. 영어 표기도 없고 스웨덴어로만 적혀 있으니 약사를 믿는 수밖에 없었다. 약도 약이지만 아프다는 호소에 공감해주던 그녀의 표정. 그 마음으로부터 받은 위로는 약보다 고마웠다. 같은 이방인이라 그런가, 유독 아랍계 사람들만이 익숙한 미소와 친절을 보였다. 간만의 친절에 괜한 서러움이 올라왔다. 하지만 그럼에도 가끔 무안하리만치 독립적인 스웨덴인들의 태도는 많은 생각을 하게 했다.

'난 뭘 바랐던 거지?' 그들이 나에게 꼭 친절해야 할 이유는 없다. 타인의 친절을 습관처럼 바라왔던 건 아닐까. 나도 모르게 괜히 머쓱해졌다. 스톡홀름에는 이유 없는 친절도, 불친절도 없었다. 잘난 척과 비굴함 사이에서 정확히 중심을 잡고 서 있는 것 같았던 스웨덴 사람들. 나는 그들로부터 균형을 배워보기로 했다.

비 오는
──── 날

해질 무렵 막 비가 그친 거리. 바닥의 촉촉한 물기는 길을 따라 늘어선 가로등 불빛에 반사되어 빛이 난다. 한바탕 휩쓸고 간 비바람에 떨어져버린 낙엽들은 이리저리 길거리를 굴러다닌다. 때마침 마차 한 대가 달그락거리며 도착하더니 손님을 내려준 뒤 떠나간다. 출발하는 마차를 가로막고 한 무리의 사람들이 서둘러 길을 건넌다. 마차가 지나는 길을 따라 사람들의 행렬이 끊임없이 이어진다.

방금 마차에서 내린 신사와 숙녀는 단번에 사람들의 시선을 사로잡는다. 검은 정장과 중절모자로 말끔하게 차려입은 신사는 숙녀의 우아한 발걸음을 조심스럽게 따라가며 그녀를 에스코트한다. 그녀는 목이 파인 새하얀 레이스 드레스에 빛나는 목걸이와 귀고리로 치장을 하고 값비싼 밍크 숄을 둘렀다. 그에 어울리는 헤어스타일을 하기 위해 정성스레 말아 올린 갈색 머리 위로 분홍색 꽃장식을 하고 하얀 깃털이 달린 커다란 검은 모자도 썼다. 하지만 무엇보다 가장 우아한 것은 반쯤 아래로 향한 그녀의 눈빛이다. 흘러나오는 음악의 선율을 따라 이제 막 파티장으로 들어서려는 그녀 앞에 꽃을 파는 어린 아가씨가 빨간 꽃 한 다발을 내민다. 파티장 안에는 이미 도착한 손님들로 붐비는데도, 많이 팔지 못했는지 아직 수레와 바구니에 꽃이 가득하다.

야외 테이블에 앉아 있던 다른 사람들도, 그 옆에 서서 담소를 나누는 또 다른 커플도 꽃 파는 아가씨에게는 아무 관심이 없다. 이 숙녀 역시 어린 아가씨를 그냥 지나쳐 가겠지. 이 아가씨는 왜 자신의 모습과 어울리지 않는 다른 세상에서 꽃을 팔아야 하는 걸까? 어떤 집에서 누구와 살고 있을까?

아침부터 내린 비에 마음이 차분해졌다. 그 틈을 타고 깊숙이 들어와버린 호텔방 그림 속 풍경. 평소 같았으면 그냥 지나쳤을 장식용 액자일 뿐인데 그날따라 이상하게 시선이 멈추었다. 한껏 멋을 낸 우아한 숙녀보다는 꽃 파는 아가씨와 더 가까운 내 모습 때문이었을까. 그때 아직 생계형 직장 생활을 하던—할 수밖에 없다고 믿었던—나의 처지 때문이었을까.

객관적으로 말해 나는 대부분의 삶을 꽃을 팔며 살았다. 하지만 지금은 꽃을 팔지 않는다. 물론 그렇다고 숙녀처럼 형편이 나아진 것도 아니다. 나는 이제 누구와도 비교하지 않는, 저 그림 속엔 없는 사람이 되어 무심히 그림을 바라볼 뿐이다.

It's

—— Alright

전날 산 약이 효과가 있는 것 같았다. 부었던 편도선이 가라
앉았고 컨디션도 한결 나아졌다. 나는 눈뜨자마자 방 안 커
튼을 열어 젖혔다. 스톡홀름 하늘은 여행 내내 화창한 날을
보여주었는데, 그날은 조용히 비가 내리고 있었다. 가만히
빗소리를 듣고 있으려니 분주하고 다급했던 마음도 자연히
차분해졌다.

아침식사를 하기 위해 1층 레스토랑으로 내려갔다. 커다

란 창문 틈으로 보슬보슬 빗소리가 들렸고, 접시 위에서는 포크와 나이프가 달그락거렸다. 이따금씩 침묵을 깨고 조용히 소곤대는 사람들과, 식사를 마치고 창밖을 멍하니 바라보는 사람들. 그들과 나는 여행이라는 우연으로 잠시 그 공간에서 추억을 나누었다.

카모마일 차 한 잔을 들고 분위기 있는 로비의 소파에 자리를 잡았다. 밖에는 여전히 빗방울이 흩날리고 거리는 한산했다. 벽에는 지미 헨드릭스를 그린 액자가 걸려 있고 스피커에서는 그 순간과 완벽하게 어울리는 음악이 흘러나왔다. 멀리서 들려오는 듯 부담스럽지 않은 볼륨이었다. 누구 노래지? 음원인식 앱을 열어 갖다 대보았다.

아……. 밴 모리슨Van Morrison의 〈It's Alright〉. 다음 노래는 이안 브라운Ian Brown의 〈Dolphins Were Monkeys〉. 그리고 백Beck의 〈Unforgiven〉. 모두 처음 듣는 노래였다.

낯선 여행지에서 만난 낯선 음악들 그리고 낯선 나, 그 낯섦이 마음에 들었다. 낯설지만 마음에 드는 도시여서, 낯설지만 마음에 드는 음악이어서, 낯설지만 점점 마음에 드는 나를 찾아가는 것 같아서.

앞으로 이 음악들은 나를 같은 순간, 같은 자리로 데려다 놓을 것이다. 사랑할 때 들었던 음악들이 곧잘 그러하듯이 여행 중의 음악도 비슷한 일을 해내곤 한다.

한껏 느긋하게 소파 등받이에 기대어 앉아 밖을 바라보았다. 나도 움직이지 않고 거리도 움직이지 않던 정지된 풍경을 깨고 한 무리의 어린아이들이 횡단보도를 건너고 있었다. 모두들 유니폼 같은 우비를 입고 인솔자의 보살핌을 받으며 올망졸망 길을 지나갔다. 아장아장 내딛는 발걸음에 저절로 미소가 번졌다. 그래, It's Alright. 어쩌면 모든 것이 다 괜찮은지도 모른다.

죽음이란 존재의
───── 아름다움

비가 그친 오후. 메드보리야르플라첸^{Medborgarplatsen}이라는 긴 이름의 역에서 내렸다. 목적지는 스톡홀름의 홍대, 소포^{SOFO} 지구와 현대사진 갤러리인 포토그라피스카^{Fotografiska}였다.

그나저나 대체 어디가 '소포'라는 거지? 아무리 걸어도 홍대 분위기가 나는 곳은 나타나지 않았다. 지도앱에서 가리키는 소포 지역에 들어오기는 했는데 분위기가 지극히 평범했다. 홍대 뒷골목도 주택가와 어우러져 있으니 비슷한 건가. 인내심을 갖고 이 골목 저 골목을 기웃거려보았지만 수수께

끼가 풀리지 않았다. 그래서 하는 수 없이 걸었다. 어리둥절한 채 걷고 또 걷다가 계획도 하지 않은 곳으로 흘러 들어갔다.

소포는 'South of Folkungagatan'의 줄임말이다. 쇠데르말름 Södermalm 섬 중에서도 폴쿵야가탄 Folkungagatan 거리의 남쪽 지역을 뜻한다. 스타일리시한 스웨덴 패션 및 인테리어 디자이너들의 숍이 밀집되어 있는 곳. 스웨덴 힙스터들 사이에서 각광받고 있으며 덕분에 감각적인 카페, 바, 레스토랑이 많이 눈에 띄는 곳……, 이라 했다. 하지만 어찌 된 까닭인지 돌고 돌아도 보이지 않았다. 포기하는 심정으로 '그냥 주택가네' 하고 단정 지어버릴 만하면 하나씩 나타나는 가게들. 반가운 마음에 들어가보았지만 가격은 역시 만만찮았다. 나중에 알고 보니 폴쿵야가탄 대로를 중심으로 그 뒤편이 번화한 곳이고, 내가 헤맸던 곳은 한참 아래쪽이었다.

어쨌든 그때는 할 수 없이 주어진 텅 빈 거리를 즐기기로 했다. 동네 구경, 건물 구경, 차 구경. 새벽도 아니었는데 지나다니는 사람이 정말 하나도 없었다. 시간이 나만을 위해 존재하는 듯했다. 아무도 증명해줄 수 없는 그 시간은 마치 꿈속처럼 기묘했다.

발길 닿는 대로 이 골목 저 골목을 마음껏 헤집고 다녔다. 걷는 것이 여행이고, 걷다가 떠오르는 생각이 여행의 목적이어도 좋을 것 같았다. 좋은 곳만 걸으라는 법은 없었다. 계획한 곳만 걸어야 하는 법도 없었다. 여행이 내어놓는 그 길을 믿는 것이 여행자의 미덕일 터. 그 맛을 모른다면 어찌 여행을 사랑한다고 말할 수 있을까?

그날의 길은 나를 신비롭고 아름다운 통로로 이끌어주었다. 무작정 걸었던 골목의 끝에는 삼각형의 지붕 모양이 예쁜, 노란 아치가 기다리고 있었다. 상아색 담장 너머로 작은 새들이 지저귀는 소리가 들렸다. 어딘가 높은 나뭇잎 속에 숨어서 자꾸만 이쪽이라고 속삭이는 듯했다.

사실 그때 서 있었던 지점이 정확히 어디였는지 알지 못했다. 내가 계획한 목적지가 아니었다. 하지만 넓지 않은 쇠데르말름 섬 안에서 길을 잃어봤자 큰일이 날 것도 아니었기에 한번 길을 잃어보기로 했다. 길 잃는 연습을 해보기로 했다. 길을 잃으면 길을 읽을 수 있을지도 모르니까.

아치를 통과하자 곧바로 드넓고 푸른 잔디가 나타났다. 비밀의 화원에 우연히 발을 들여놓는다면 이런 느낌일 것 같았다. 아무도 없는 그곳엔 한없이 고요하고 평온한 시간만이 흐르고 있었다. 비가 그친 지 몇 시간 안 된 덕에 공기가 상쾌했다. 세상이 온통 싱그러웠다. 나무의 초록 잎사귀들은 하늘을 가릴 만큼 풍성했고, 굵직한 나무 기둥은 버틴 세월만큼 견고했다.

조금 더 깊숙이 들어가자 적당한 간격으로 늘어서 있는 수많은 묘비들이 보였다. 추모의 꽃이 정성스럽게 장식된 묘비에는 저마다 뜻깊은 문장이 새겨져 있었다. 내용은 하나도 읽을 수 없었지만 분명 의미 있고 고귀한 진심이 담겨 있을 것 같았다. 문득 돌아가신 아버지가 떠올랐다. 이런 곳에 모셨다면 얼마나 좋았을까……. 시외 납골당의 좁아터진 네모 칸밖에 마련하지 못한 것이 못내 죄스럽기만 했다. 그나저나 무덤, 묘지가 이렇게 아름다운 것이었나?

이곳에서는 공동묘지라는 섬뜩한 공포 대신 안식이 느껴
졌다. '죽은 사람'이라는 과거완료형의 명제보다는 '한때 우
리 곁에 함께 살았고 여전히 곁에 있는'이라는 현재진행형의
느낌이 강했다. 그래서 좀 더 머물러 있고 싶었다.

잠든 이들이 내게 하려는 말에 귀를 기울였다. 언젠간 당
신도 나처럼 영원히 잠들 날이 올 것이라는 말, 그것은 자연
스러운 당신의 미래—물론 이렇게 아름다운 무덤에 묻힐 가
능성은 없겠지만—라는 말, 달리 말하면 삶이 유한하다는 진
리, 그러니 오직 그런 까닭만으로도 삶은 얼마나 소중한 것이
며 당신은 또 얼마나 최선을 다해 행복해야 하는지…… 잊
지 말라는 말. 나는 낯선 이의 묘지 곁에 앉아 조용히 그들의
말을 들었다. 그러자 죽음이 두려운 일이라기보다는 경건한
의식같이 느껴졌다. 죽음은 멋진 것일 수도 있을 것 같았다.
죽음은 삶의 완성이라는 말도 어렴풋이 이해가 되었다. 그
렇게 나는 삶을 의미 있게 해주는 죽음이란 존재의 아름다
움을 받아들이고 있었다.

무엇에
—— 순응할 것인가

스웨덴 사람들이 가장 중요시하는 가치관은 '순응 conform'이라고 한다. 순응은 조화를 위해 외부의 체계를 따르는 것이고, 달리 말하면 자신의 생각을 조금 포기하는 것이다. 스웨덴 사람들이 수많은 규칙에 순응하는 이유는 그래야 사회의 평등과 정의가 실현된다고 믿기 때문일 것이다. 규칙이라고 해서 억압을 생각한다면 그건 오해일지 모른다. 왠지 스웨덴의 규칙은 자유를 지지하는 쪽에 가까울 것 같기 때문이다. 자유로울 것, 행복할 것. 마치 이런 규칙이 있는 것처럼 느껴졌기 때문이다.

여행에도 막연히 지켜야 할 규칙이 있는 것만 같았다. 이를테면 꼭 봐야 하는 명소 같은 것, 꼭 사야 하는 쇼핑리스트 같은 것. 심지어 내가 세운 계획이면서도 못 지키면 뭔가 실패한 기분이 들었다. 자유롭고, 행복한 규칙이 아니었다.

여행은 종종 내 뜻과 기대에 어긋나게 흘러갔다. 하지만 오히려 그 길에서 예기치 못한 기쁨을 만날 때가 많았다. 실망할 필요는 없을 것 같았다. 여행이 주는 우연을 믿어라, 이 새로운 규칙에 조금 더 순응해도 좋을 것 같았다.

현대사진 갤러리 포토그라피스카는 쇠데르말름 섬 동쪽에 있기 때문에 대략 그쪽 방향을 향해 걸었다. 굽어진 골목길을 따라 고요한 동네 풍경을 감상했다. 이국적인 집과 담벼락에서 보이는 건 꼭꼭 닫힌 창문뿐이었지만, 도시이면서도 묘하게 한적한 특유의 분위기가 좋았다.

길의 끝에는 어김없이 멜라렌 호수가 기다리고 있었다. 나는 왜 그리 물만 보면 반가웠을까. 마치 홀린 사람처럼 언덕

끝에 보이는 멜라렌 호수를 향해 신나게 달려가 고개를 내밀었다. 한데 그 순간 기다렸다는 듯 사정없이 성난 바람이 몰아쳤다. 마냥 싱글거리던 얼굴도 정신을 못 차릴 정도였다.

스톡홀름은 동쪽의 발트해와 서쪽의 멜라렌 호수가 만나는 지점에 위치하고 있는 덕에, 호숫가에 있는 듯한 잔잔한 정취를 느끼게 해주다가도 갑자기 돌변하여 바닷바람의 거칠고 사나운 면모를 유감없이 드러냈다. 내내 부드럽고 친절하다가도 기분이 안 좋아지면 돌연 불같이 화를 내는 다혈질 성격의 소유자 같았다. 받아들이는 것 외에는 방법이 없는 여름의 백야와 길고 긴 겨울밤 등 인내심을 요구하는 기후까지 합친다면 결코 만만한 곳이 아니었다.

날씨의 기가 너무 센 탓인지 스웨덴 사람들은 (날씨를 닮기보다는) 무엇이든 튀지 않는 것이 좋다는 가치관을 가졌다고 한다. 영화 〈먹고 기도하고 사랑하라 Eat Pray Love〉를 보면 주인공이 스웨덴 여성에게 스톡홀름이란 도시를 표현하는 단어가 뭐냐고 물었을 때, 두말하면 잔소리라는 듯 확고했던 그녀의 대답은 다름 아닌 '순응'이었다. 그러고 보니 튀지 않는

빌딩의 높이, 튀지 않는 사람들의 목소리 볼륨, 튀지 않는 패션…… 모든 것이 순응이라는 코드로 통하고 있었다. 스웨덴 사람들이 평등하게 잘 살려는 순응의 의지를 키울 수 있었던 것 또한 거친 기후 때문은 아니었을까?

이내 빗방울이 떨어지기 시작했다. 이럴 줄 알고 대비한 것에 뿌듯해하며 가방에서 접이식 우산을 꺼내 펼쳤다. 하지만 가냘픈 우산은 순식간에 홀러덩 뒤집어지고 말았다. 앞을 가리면 뒤에서 바람이 불어오고, 뒤로 젖히면 어느새 다시 홀러덩. 여기 바람은 하나가 아니었다. 몇 개의 바람들이 쉴 새 없이 엎치락뒤치락 요동을 쳤다. 뒤집히다 못해 찢어질 것 같은 우산. 우산과 나를 싸잡아 날려버릴 것 같은 바람, 아니 비바람. 아…… 이래서 다들 우산보다는 우의를 많이 선택했나 보다. 할 수 없었다. 우산은 포기하고 점퍼의 모자를 뒤집어 썼다. 막지 못하는 빗방울은 그냥 받아들였다. 받아들이게 되는구나. 받아들일 수밖에 없구나. 빗줄기가 뺨을 때리고 빗방울이 속눈썹에 아른아른 맺혔다. 점퍼는 꿉꿉했고 머리칼은 온통 헝클어져버렸다. 지키려던 모든 것은 무너진 지 오래였다. 차라리 마음이 편했다. 절대 힘, 자연 앞에서는 대응보다 순응이 지혜롭다는 진리를 제대로 체득하는 날이었다.

여전히 빗방울은 바람을 타고 춤을 추었다. 고지가 얼마 안 남았으니 일단 도착하고 봐야 했다. 오른쪽으로는 절벽, 왼쪽으로는 차들이 쌩쌩 오가는 도로. 그 사이 한두 사람 정도가 겨우 다닐 만한 좁은 인도를 따라 얼굴을 때리는 빗줄기를 헤치며 걸어갔다.

그날 포토그라피스카 가는 길은 녹록지 않았다. 인내심이 한계에 다다라 '이게 웬 사서 고생이람?' 하는 마음과 '지금의 이 경험이 가장 기억에 남을지도 몰라' 하는 마음이 번갈아 드는 사이 어느새 포토그라피스카가 눈앞에 나타났다.

경계를
────── 넘는다는 것 1

포토그라피스카는 빛바랜 붉은 벽돌 위에 'Fotografiska'라는
검은 글씨가 붙어 있는 빈티지한 첫인상부터 마음에 들었다.
그 앞에 도착한 순간 온통 비에 젖었다는 사실은 까맣게 잊은
채 뭔가 좋은 일이 기다리고 있을 것 같은 알 수 없는 예감에
만 사로잡혔다.

포토그라피스카 건물은 1906년 스웨덴 건축가 퍼디난드
보베르그Ferdinand Boberg, 1860~1946에 의해 아르누보 양식으로 설

계되었다. 한데 이 아름다운 건축물에 고작(?) 세관청이 입주했다니! 게다가 역사적 가치를 훼손하지 않기 위해 개조는 법적으로 금지되었다고 한다. 세관청으로 쓰기엔 지나치게 감성적인 건축물이라고 생각되었지만, 스톡홀름 시청의 아름다움을 고려하면 이 정도의 세관청도 이해 못할 건 아니었다. 이처럼 매혹적인 관공서에서 지극히 사무적인 일을 처리하는 기분은 어떨까? 이곳 사람들에겐 아무것도 아닌 일상이 나에겐 상상할 수 없는 판타지가 됐다.

2010년 5월 21일, 이곳은 드디어 현대사진 갤러리 포토그라피스카로 재탄생하게 된다. 그러나 현대사진 전시장에 걸맞게 인테리어는 바뀌었어도 아름다운 붉은 벽돌로 디자인된 파사드만큼은 아직도 원형의 매력이 그대로 살아 있다.

그날 나와 인연이 닿은 전시는 총 네 개였다. 스웨덴 화폐로 135크로나(2017년 7월 기준), 한화로 약 18,000원의 입장료를 내면 모든 전시를 다 관람할 수 있었으니 살인적인 스웨덴

물가를 생각하면 비용 대비 꽤 양질의 문화를 즐길 수 있는 곳이었다.

사실 무슨 전시를 하고 있는지도 몰랐다. 여행자인 내겐 어차피 기다릴 수도 바꿀 수도 없는 프로그램이니 굳이 고를 필요도 없었다. 전적으로 우연에 기댄 일정이었고, 아무런 정보 없이 나름대로 즐기면서 감상할 수밖에 없었다. 나중에 돌아와서 작가와 작품에 대해 조사해보았더니 그때의 작품이 비로소 이해가 되었다. 나와는 멀다고만 느꼈던 작품들도 가깝게 다가오며 내 안의 내밀한 것들을 건드렸는데, 그것들은 묘하게도 모두 '경계'에 관련되어 있었다.

비가 오는 날씨에도 포토그라피스카를 찾은 사람들은 제법 많았다. 유모차를 끌며 네다섯 살쯤 돼 보이는 여자아이의 손을 잡은 어느 젊은 부부 뒤에 줄을 섰다. 초롱초롱한 아기의 눈동자가 나를 바라보았다. 그 눈빛에는 낯섦도 경계도 없었다. 그래, 그렇게 평안할 수만 있다면, 하고 나는 바랐다. 어쩌면 나는 다시 그 눈빛으로 돌아가려고 애쓰고 있는지도 몰랐다. 부모들의 시선은 내 키보다 한참 높았고 아기의 시선과 더 가까웠던 나는 둘만의 까꿍놀이를 했다. 까꿍은 전 세계 어딜 가나 다 통하나 보았다. 덕분에 줄은 금세 줄어들었고 어느덧 내 차례가 되었다.

입구에 들어서자마자 커다란 스크린이 하나 서 있는 게 보였다. 홀로 조용히 흘러가는 영상이 눈과 귀를 사로잡았다. 발길을 주춤거리다가 스크린으로 다가갔다.

모래사막에서 불어대는 바람 소리. 휘이— 하는 소리뿐이었다. 이윽고 장면이 바뀌더니 사막 한가운데에서 갖가지 색깔의 깃발들이 세차게 펄럭였다. 그뿐이었다. 하지만 단순하기 그지없는 영상은 묘한 끌림으로 나를 긴 의자에 털썩 주저앉게 만들었다. 하염없이 영상을 바라보고 소리에 몰입했다. 그러자 비바람을 헤치고 걸어온 몸도 풀리고 마음도 편안해졌다. 그때 나는 아무것도 이해하지 못했기에, 마치 말이 통하지 않는 미지의 존재와 마주하고 있는 느낌이 들었다. 무슨 말인지는 몰랐지만 마음이 따뜻하다는 것만은 느낄 수 있었다.

눈앞에 보이는 사막 같은 허허벌판과 그 사이를 비집고 위태롭게 서 있는 나뭇가지들. 앙상한 가지에 서로 엉킨 채 펄럭이는 빨갛고 파랗고 하얀 천 조각들. 대체 다 무엇이길래 나를 불러세우고 주저앉히고 마음을 건드렸을까? 이 작품들은 미국 브루클린 출신의 포토그래퍼이자 비디오 아티스트인 리사 로스Lisa Ross의 사진과 영상 〈Living Shrines〉(살아 있는 성지)였다.

그녀는 과거 중국을 여행하던 중 신장 위구르 지역 타클라마칸 사막에서 낯선 표식들—막대기, 천 조각, 동물의 뼈대 같은 것들—을 발견하게 된다. 그리고 그 표식들로 인해 독특한 풍경을 연출하는 크고 작은 모래언덕들이 그곳 민족의 성스러운 장소라는 것도 알게 된다. 그때부터 흥미를 느끼기 시작한 그녀는 이후 십 년이 넘는 세월 동안 매년 그곳을 방문하면서 그 뜻을 이해하려고, 느낌을 흡수하려고 노력해왔는데, 그 흔적의 기록이 바로 이 전시였다.

거대한 중국으로부터 분리독립을 원하는 한 소수민족의 이야기와 그들 고유의 종교적·민족적 혼이 그녀에게는 예술

적 영감으로 다가간 듯했다. 그들 앞에 그어진 현실 너머를 바라보는 간절한 기도가 나까지도 위로해주는 듯했다. 그 끊임없는 펄럭임이 희망의 몸짓인 듯하여.

두 번째 전시로 이동하는 길목에는 빛이라고는 몇 개의 핀 조명밖에 없었다. 캄캄한 공간 가운데는 까만색 가벽이 세워져 있고, 벽의 중앙에는 'Dana Sederowsky'라는 철자가 눈부신 하얀빛을 내며 강렬하게 존재했다. 뭔가 시작부터 어둠이 느껴졌다. 다나 세데로브스키Dana Sederowsky는 스웨덴 헬싱보리 출신의 주목받는 포토그래퍼이자 비디오 행위 아티스트로, 특히 자신의 목소리와 얼굴, 몸을 직접 사용하여 작업하는 것으로 유명했다.

음울함과 공포감이 깃든 〈HEAD〉라는 작품을 바라보았다. 암흑 속에서 눈가에 검은 아이라인을 짙게 그린 한 여성이 자기 머리 크기의 일고여덟 배는 되어 보이는 커다란 돌덩어리를 정수리에 올려놓고 있었다. 왜 저러고 있는 걸까? 이건 뭘 표현하려는 걸까? 사진 속 그녀를 가만히 들여다보는

HEAD
from the project D.E.A.D
15 min loop
2012

순간, 눈이 깜박거렸다. 그리고 미세한 움직임. 숨을 죽이고 쪼그라들어 있던 심장이 소스라치게 놀랐다. 맙소사! 이건 영상 작품이었다.

과거 어느 날 그녀는 사랑하는 어떤 이가 세상을 떠났다는 소식을 들었다. 그 순간 그녀의 세상 또한 갑자기 멈추고 말았다. 소리까지도 모두 정지. 그녀는 한참 동안 넋을 잃고 있었다. 엄청난 공허감과 상실의 무게만이 짓눌렀던 그때, 그녀는 그러한 깊은 슬픔을 예술적인 방식으로 해석할 수 있는 길을 찾기 위해 애썼고, 그 결과 탄생한 것이 'D.E.A.D 프로젝트'였다.

〈HEAD〉는 이 프로젝트에 속한 비디오 아트였다. 영상은 그녀 자신이 직접, 죽은 이에 대한 영원한 기억을 상징하는, 거대한 돌을 머리에 올려둔 채 시작됐다. 중력이 잡아끄는 거부할 수 없는 엄청난 무게를 지탱하며 고통을 견디는 과정을 통해 비탄에 빠져드는 감정의 진행을 표현했다. 영상이다 보니 고통을 느끼는 표정과 근육의 미세한 움직임, 그리고 어그러지는 말소리까지 너무나도 생생하게 체험할 수 있었다.

당시 의문의 자학 장면으로 여긴 나머지, 작품이 주는 그로테스크한 분위기 때문에 무섭다고 생각했던 것이 의미를 알게 되자 미안해졌다. 나 또한 아버지의 죽음을 경험한 뒤 오랫동안 슬픔 속에 갇혀보았기에 그녀가 느낀 슬픔의 무게와 아픔을 공감할 수 있었을 텐데. 사랑하는 이를 떠나 보내본 사람이라면, 삶과 죽음의 경계를 원망해본 사람이라면 누구라도 그러할 것이다. 그 무형의 감정을 자신의 몸을 빌려 유형의 고통으로 옮겨 표현한 그녀의 희생에 뒤늦은 박수를 보냈다. 그녀의 고통은 죽은 이에 대한 가장 아름다운 애도였다.

경계를
—— 넘는다는 것 2

리사 로스와 다나 세데로브스키의 전시를 본 뒤 가라앉게 될 관람자의 마음을 미리 알기라도 한 듯, 이어지는 세 번째 전시는 세바스치앙 살가두^{Sebastiao Salgado}의 〈GENESIS〉(창세기)였다. 아마도 직관적이고 원초적이며 즉각적으로 마음에 와닿는 사진들일 거라고 나는 예상했다.

살가두는 세계적인 거장, 현존하는 최고의 다큐멘터리 사진작가다. 2004년부터 약 30개국을 돌아다니며 만난, 현대 문명과는 동떨어진 장소와 사람들. 그 팔 년간의 여정을 통해 완성된 흑백사진들 속에서 그는 태초부터 이 땅에 존재해온 인류의 기원이 담긴 원시 자연을 찬미했다. 물질적인 행복만을 쫓아가다가는 언제 잃어버릴지 모르는 이 아름다운 지구를 보존하고 지켜나가야 한다고 강조하면서 말이다.

그의 눈은 대체 어디까지 볼 수 있었던 것일까? 내가 절대 볼 수 없는, 아마 앞으로도 볼 수 없을 것들을 그는 보여주었다. 장엄한 극지대, 열대우림과 초원, 광활한 사막 등 가장 멀고 깊은 미지의 장소들이 눈앞에 와 있었다. 대자연 속에서 치열한 생존을 이어가는 야생동물의 모습, 문명의 이기로부터 스스로를 지켜내고 있는 원시부족의 삶은 살가두 안에서 아름다운 세상으로 존재했다.

어떤 것도 방해할 수 없는 고요하고 순수한 시간 속으로 나는 넋을 놓고 빠져들었다. 사진은 가까이에서 보면 볼수록, 오래오래 보면 볼수록 살아나는 듯했다. 그리고 '나는 현실이며 실재야'라고 너무나도 분명히 말하고 있었다.

"사라지면 안 돼……." 어느새 나도 모르게 중얼거렸다. 우리의 지구는 아름답다…… 인정하고, 기억하고, 보호해야 할 가치가 있다…… 그 책임은 우리에게 있다……. 그의 소리 없는 메시지에 이미 나는 한참 전에 설득된 것 같았다. 어느 등기소에 내 이름으로 등록되어 있지 않아도, 지구가 아껴야 할 내 땅인 것 같았다. 적어도 그 순간만큼은.

연이어 전시 세 개를 본 건 처음이었다. 머리는 머리대로, 심장은 심장대로 충분히 채워졌다. 이제 휴식이 필요했다. 인터미션을 가져야 했다.

포토그라피스카 3층 카페에는 액자처럼 한쪽 벽면을 가득 채운 통창이 있었다. 그 속에는 멜라렌 호수 너머로 감라스탄, 셉스홀멘, 유르고덴의 풍경이 차례대로 펼쳐졌다. 카푸치노 한 잔을 주문해서 받아들고 자리를 잡으려는데, 마침 창가에 앉은 한 커플이 주섬주섬 일어섰다. 오, 나이스 타이밍.

흐린 날의 스톡홀름 풍경은 그 나름의 멋이 있었다. 불과 몇 시간 전 뺨을 때리는 비바람을 맞으며 걸어왔던 걸 생각하면 이런 말하는 내가 우습지만, 막상 아늑한 실내에 앉아 있으니 다 괜찮아졌다.

문득 테이블이 너무 넓게 느껴졌다. 홀로 덩그러니 놓여 있는 잔도 괜히 쓸쓸해 보였다. 동행이 있다면 이런저런 사소한 이야기를 나누었을 텐데. 무늬가 예쁜 대화로 테이블을 다 덮을 수 있었을 텐데.

커피가 조금씩 줄어들었다. 혼자 있어도 지루해하지 않는 편인데, 웬일인지 좀처럼 집중이 되지 않았다. 주변 풍경만 바라보고 또 바라보았다. 그럼에도 지금 생각해보면 창밖의 풍경은 잘 기억나지 않는다. 묘하게 외로웠던 느낌만 선명하게 떠오를 뿐.

마지막 전시가 남았다. 방금 전 겨우 쓸쓸함을 떨쳐내고 오는 길인데 야속하게도, 아니면 운이 좋게도, 대놓고 우울한 제목이 나를 맞이했다. 루 코브스키^{Lu Kowski}라는 신예 작가의 〈Melancholia〉(우울증)였다.

우울하고, 우울하다. 이런 걸 왜 보고 있어야 하는 걸까?

이런 걸 왜 찍는 걸까? 현대사진이란 뭘까? 지금보다 사진 예술에 대한 이해가 한참 부족했던 그때의 나로서는 이해할 수 없었다. 그저 이게 나야, 나에게 의미 있는 순간이야, 너에게도 의미 있길 바랄게, 하는 것만으로 예술이 될 수 있을까? 수많은 물음표로 무거워진 발걸음을 조금씩 옮겨놓았다.

스웨덴 북부 우메아 Umea 에서 출생한 뒤, 세 살 때부터 그리스 아테네에서 살아온 그녀는 아날로그 기법의 촬영을 즐긴다고 한다. 그녀의 작품 중에는 때로 형체를 알아볼 수 없고, 포커스가 맞지 않은 사진들도 있지만, 자신의 사진에서 중요한 것은 테크닉이 아니라 사진에 담긴 바로 그 순간이라고 말하는 그녀. 자신의 사진을 감상하는 사람들이 그 속에서 감상자 스스로의 모습을 발견하기를 바란다는 것이 코브스키의 제안이었다. 각자가 처해 있는 상황이나 과거의 경험에 따라 주관적인 해석을 하면 되는 것이라고.

말로는 표현할 수 없는 자신의 내면세계와 느낌을 표현한다는 그녀의 흑백사진들은 대체로 어둡고 기괴한 쪽에 가까웠다. 대부분의 사진들은 주관적인 해석은커녕 오래 바라보는 것조차 힘들었다. 클로즈업으로 확대된 신체 부위, 날것의 표정과 모호한 눈빛, 이해할 수 없는 모양의 자세는 당황스러웠고, 무서웠고, 역겨움까지 느끼게 했다.

타인의 모습을 보는 것만으로도 버거운데 자기 것을 보여주려면 얼마나 큰 결심이 필요했을까. 자신의 깊고 어두운 면을 구석구석 바닥까지 파고드는, 철저하게 다 벗고 혐오스러움까지도 대면할 수 있는 용기와 열정이 그녀를 예술가로 승화시키는 듯했다. 그녀는 보여주기 어려운 경계의 안쪽을 드러낸 거였다.

사진은 당연히 예쁜 것을 찍어야 한다는 생각이 내 안에 잠재되어 있었음을 깨달았다. 그러니까 예쁜 것만이 시선을 둘 가치가 있다고 무의식적으로 믿고 있었다. 우리는 예쁜 이미지에 열광한다. 그런데 현대예술 사진작가들은 그와는 정반대로 시선을 돌려놓는다. 엄밀히 말해 그들은 실재를 촬영한다기보다 사진을 통해 인간의 감정을 그린다. 나아가 모두들 쉬쉬하는 경계를 넘어서는 과감하고도 창의적인 도전에 이를 때면 비로소 그 가치가 빛을 발한다. 아마도 이것이 현대예술의 매력일지도 모르겠다.

스스로에 대한 의심의 경계를 넘고 싶다.
타인을 의식하는 시선의 경계를 넘고 싶다.
미래에 대한 두려움의 경계를 넘고 싶다.

그 너머엔
무엇이 있을까?

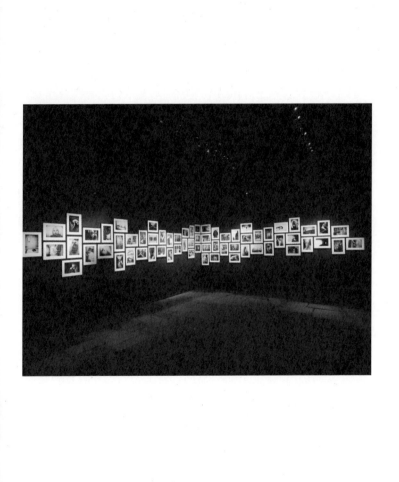

3부

인생은 아름답다는 말을 믿으며

슬픔을
감수할 수 있는
——— 기쁨

인생이 아름답기를 바라는 만큼 여행이 멋지기만을 기대했다. 가본 적 없는 아름다운 장소의 사진 한 장을 벽에 붙여놓고 그 속에 실제로 들어갈 수 있기를 얼마나 꿈꾸었던지. 그 꿈은 상상으로 떠나는 제3의 여행이었고, 마지막은 항상 '얼마나 좋을까?' 하는 황홀함으로 끝을 맺었다.

하지만 현실의 여행에는 초대한 적 없는 불편이 존재했다. 기나긴 줄, 불편한 잠자리, 입에 맞지 않는 음식, 낯선 길, 말이 안 통하는 사람들, 알 수 없는 눈빛들. 이런 스트레스는 기대한 적이 없었다. 집 떠나면 고생이야, 하는 말이 틀리지 않았다니. 여행이 이런 거였나, 바보처럼 괜히 들떠 있었던 건가. 여행 초반에는 풀이 죽기도 했다.

어쩌면 신고식이었는지도 모르겠다. 환상이 깨진 자리에는 또 다른 진실이 나타나기 시작했다. 집 나가면 고생이 아니라, '집 나가야 감탄'이었다. 불편은 완전히 잊었다. 이내 돌아서면 미소를 번지게 하는 새로운 세계가 현실로 존재했다. 무엇보다 이전에는 몰랐던 새로운 내가 거기에 있었다. 이곳에 오지 않았더라면 만날 수 없었을 나의 어떤 조각들. 문득문득 그것을 발견하는 느낌은 고유하고 특별한 감동이었다. 이러한 기쁨을 위해 불편은 감수할 수 있는 것이 되어갔다. '불편'이 아니라 '불편쯤'으로 바꾸어 부르게 되었다. '여행의 보편적 불편'이라는 이름으로 늘 짐가방 한구석에 넣어가야 할 필수품으로 인정하게 된 것이다.

보편적 불편. 삶에도 있지 않았을까? 나는 그런 일들을 보편적으로 여기지 못했다. 불편함이 유독 나한테만 일어나는 것 같아 삶은 고통에 가까웠다. 삶이 선물이라는 말은 와닿지 않았다. 무슨 선물이 이래, 싶었다. 견뎌야 한다고 생각했으므로 견디고 또 견뎠다. 참는 데 에너지를 쓰느라 또 참을 수밖에 없는 악순환. 힘든 것을 힘든 것쯤으로 바꾸어 부를 만한 삶의 기쁨이 없었기 때문일까.

여전히 슬프지 않을 자신은 없다. 다만, 보편적 슬픔을 감수하게 하는 나만의 기쁨은 꼭 있어야 한다고 믿는다. 그런 기쁨이 없다면 찾아내야 하리라. 그렇지 않으면 슬픔만 껴안게 되니까. 그런 삶은 무거워지니까. 가라앉으니까.

슬픔이 불행이 아니라, 슬픔밖에 없는 것이 불행이다. 그리고 불행은 행복의 부재일 뿐이다. 나라는 영혼을 세상으로 띄워 보내기 위해서는 기쁨이란 풍선이 필요하다는 걸 알았다. 그때서야 비로소 견디는 삶이 아니라 감수하는 삶을 살 수 있다는 걸 깨달았다.

인생은 아름다울 것이다.

그럼에도 불구하고, 라는 말이

괄호 안에 있을 때 더욱.

나의 모든 슬픔을 괄호 안에 넣는다.

그리고 나의 모든 기쁨으로 말한다.

인생은 아름다워, 라고.

진짜 아름다운
——— 배경

스톡홀름 여행을 통틀어서 가장 좋았던 장소는 셉스홀멘 Skeppsholmen 이었다. 뭐가 얼마나 대단한 곳이길래 좋으냐고 물어도 이렇다 하게 내세울 관광지는 없다. 다만 그 섬의 모든 것이 좋았고, 모든 것이 좋다는 점이 가장 좋았다. 미리 알고 간 것은 아니었고 그저 끌렸다고 해야 할 텐데, 그 결과가 나쁘지 않았다. 여행을 하다 보면 몸이 알고 있는 느낌이란 말이 괜히 있는 것이 아님을 새삼 깨닫게 된다.

감라스탄 동쪽에 있는 셉스홀멘은 정말 작은 섬이다. 가로지르는 직선거리가 500미터, 한 바퀴를 다 돌아도 1.5킬로미터이니 그냥 작다는 말로는 부족한지도 모르겠다. 크기는 아담할지라도 섬에는 좋은 것만 가득해서 나에게는 그곳이 꿈의 섬으로 남아 있다. 아름다운 숲과 산책로 사이로 현대미술관을 비롯해 건축디자인뮤지엄, 동양앤티크뮤지엄, 아트스쿨, 도서관, 뮤직홀 등이 드문드문 나타나고 몇 걸음만 걸어나가면 멜라렌 호수가 잔잔히 흐르고 있으니 더 이상 무엇을 바라겠는가.

셉스홀멘을 향해 뻗어 있는 다리 앞에 처음으로 섰던 순간, 그날따라 더 새파랬던 하늘은 이 세상의 것 같지 않게 눈부셨다. 여전히 바람은 불었지만 괜찮았다. 내 마음에도 온통 바람이 불고 있었으니까. 두 바람이 마구 섞여 춤이 되었으니까.

소박하고 운치 있는 다리 건너편에 울창한 초록 숲이 보였다. 가고 싶은 목적지를 향해 점점 다가가는 걸음걸음은 그 자체로 기쁨이었다. 삐걱삐걱 나무 소리가 음악처럼 새어나왔다. 마음 같아서는 뛰어가고 싶었지만 그냥 지나쳐버리기엔 아까운 풍경들 때문에 좀처럼 속도가 나질 않았다. 새하얀 선박들과 아기자기한 보트들이 섬의 가장자리를 따라 정박해 있었고, 멜라렌 호수의 물결은 변함없이 반짝였다.

다리 중간에 사람들이 몰려 있었다. 기념사진을 찍느라 시끌시끌했다. 대단한 자리인가 싶어 기다리는 사람의 어깨 너머로 보니, 아 ― 이해가 됐다. 다리 난간 중앙에 장식되어 있는 금빛 왕관. 사진에서 많이 봤던 유명한 장식이었다. 얼마나 오랫동안 그곳에 있었을까. 생각보다 크지 않은 자그마한 왕관은 표면이 벗겨지고 많이도 낡았다. 유명하지 않았다면 그냥 지나쳤을지도 모를 만큼 금빛은 바래 있었다. 괜히 측은한 마음이 들었다.

내 차례가 되었다. 지쳐 보이는 왕관 가까이로 다가가 카메라 렌즈를 대어보았다. 아! 감탄이 절로 나왔다. 갖가지 색채의 중세 건축물은 멀리 있어도 든든했다. 멜라렌 호수의 잔

잔한 물결은 왕관을 위한 청아한 노래처럼 흘렀다. 배경은 이야기를 바꾸는 힘이 있는 모양이었다. 자신에게 어울리는 멋진 배경을 갖는다는 것은 그토록 중요한 일인 듯했다.

한 사람의 멋진 배경은 무엇일까. 집안, 학벌, 직장, 배우자 혹은 자식일까. 아니면 명품이나 통장 잔고일까. 그것들 위에 우리는 서 있고 덕분에 물에 빠지지 않고 걸어갈 수 있으니 견고한 다리일 수도 있겠다. 그러나 나를 빛나게 해주고 나의 노래가 되어주는 진짜 배경은 지나온 시간들이라고 믿는다. 어떻게 살아왔는지가 어떤 사람인지를 완성해주는 진짜 배경이라고 믿는다.

그때의 난 왕관에게 진 느낌을 받았었다. 내 삶을 충분히 사랑하지 못한 것만으로도 그랬다. 다만, 앞으로 살아갈 날들은 더욱 아름답게 쌓이기를 바랐다. 그래서 먼 훗날 노쇠한 내 모습을 멋지게 만들어주는 배경이 되었으면, 그럴 수 있도록 살아야겠다, 생각했다. 결국 영원히 이길 수 없을지라도.

이유 없는
——— 행복

셉스홀멘의 찬란한 초록 숲이 시작되었다. 높다란 나무 위 연
둣빛 잎사귀들 사이로 하얀 햇볕이 쏟아져 내렸다. 은은한 한
낮의 고요 속에서 이름 모를 새들만이 수줍게 지저귀고 있었
다. 두 귀가 쫑긋거리고 입가엔 미소가 떠나지 않았다. 아름
다운 자연은 존재만으로도 주체할 수 없는 기쁨이자 환희였
다. 가슴이 설레고 심장이 마구 뛰기 시작했다. 믿기지 않았
지만 단지 그곳에서 숨 쉬고 있다는 것 자체만으로도 행복했
다. 그제야 나는 이렇게 말할 수 있었다.

"그럴 때가 있죠. 아무런 이유도 없이, 어느 순간 한없는 행복감으로 벅차 오르는 때가 있죠."

그런 느낌은 뭐였을까? 대단한 장관도 아닌 평범한 산책 길에서 그토록 가슴이 벅찼던 까닭은? 아마 마음이 원하던 바로 그 무언가를 만났기 때문이 아니었을까.

알았던 것은 아니고 끌린 것은 맞았다. 순간 든 생각. '내가 안다고 하는 것은 얼마나 보잘것없는 것인가', '내가 아는 경계 안에서만 살려는 것은 얼마나 많은 기쁨의 가능성을 막아 버리는 것인가' 하는 깨달음.

현대미술관을 향해 걸었다. 지도를 볼 필요도 없이 걷다 보면 자연스레 미술관 정원으로 들어서게 되어 있었다. 정원의 초록 잔디에서 스프링클러가 하얀 물방울을 시원하게 공중으로 뿜어대고 있었다. 나무 사이로 알록달록한 야외 조각상이 군데군데 서 있었다. 실상은 조용했지만 마음속에선 파티가 벌어지던 중이었다. 분수는 샴페인처럼 터졌고 조각상은 케이크처럼 장식되어 있는 것 같았다. 그리고 마침내 눈에 익은 알렉산더 칼더Alexander Calder, 1898~1976의 모빌을 만났다.

그런데 어? 아차, 그렇지! 늘 사진으로만 봐서 생각하지 못했던 풍경에 나는 잠시 놀랐다. 칼더의 모빌 작품을 처음으로 보는, 아니 경험하는 순간이 막 시작되고 있었다. 바람의 일렁임을 따라 거대한 네 개의 모빌이 제각기 움직였다. 물, 불, 공기, 흙을 상징하는 듯한 도형과 선들이 모양과 높이에 따라 각기 다른 박자를 연주했다. 그야말로 살아 있는 그림이고, 그 자체가 춤이며 공연이었다. 맑은 날과 흐린 날, 눈 오는 날과 비 오는 날, 해가 뜰 때와 질 때, 바람이 세찰 때와 잔잔할 때…… 그 다양한 캔버스 위에서 펼쳐졌을 수많은 조합을 상상하니 그것 또한 작품이었다.

각각의 모빌이 얼마 만에 한 바퀴씩 돌아 제자리로 돌아오고, 또 서로가 서로를 어떻게 만나는지 그 순간의 몸짓이 궁금했다. 이들이 들려주려는 이야기를 듣기 위해 나는 한참 동

안 멈춰 서서 그 아름답고 거대한 철 조각들을 응시했다.

어느새 최면에 걸린 듯 아무 생각도 나지 않았다. 그저 천천히 돌아가는 묵직한 움직임과 무심한 쇳소리에 나도 모를 평안만 느꼈을 뿐.

꿈의
——— 섬에서

현대미술관 주변은 모두 단층 건물로 되어 있었다. 어떻게
보면 수수한 외관과 규모에 실망할 수도 있겠지만, 건물보
다 하늘이 훨씬 많이 보이는 이런 장소가 내게는 더 아름답
고 특별했다.

　현대미술관 입구로 향하다 보면 레몬빛 외벽에 파란 지붕
이 덮여 있는 소박한 건물을 만나게 된다(칼더의 모빌이 바로 이
건물 앞에 있다). 원래 1853년에 지어진 해군 훈련장이었는데,
1958년 현대미술관이 들어왔다가 사십 년 후인 1998년에 생

긴 신축 건물로 이사를 갔고 지금 이곳엔 건축박물관이 들어서 있다.

건축박물관에서 왼쪽에 있는 비교적 최신 시설인 현대미술관은 겉보기엔 단순해 보이지만 스페인의 유명한 건축가 라파엘 모네오^{Rafael Moneo}가 설계한 작품이었다. 과하지 않으면서 개성적이고 아름다웠다. 주변의 다른 건물과 셉스홀멘 섬의 분위기와 모두 완벽한 조화를 이루었다.

오묘하게 빛이 바랜 붉은 벽돌색 건물 외벽에는 'Moderna Museet'라는 커다란 알파벳이 하얀 캘리그래피로 써져 있었다. 미국 팝아트의 거장 로버트 라우센버그^{Robert Rauschenberg, 1925~2008}가 쓴 캘리그래피는 이 건물의 감성을 대변한다고 할 만큼 특유의 분위기를 자아내고 있었다. 현대미술관 로고이기도 한 이 글자는 건물을 돋보이게 할 뿐 아니라 하늘의 흘러가는 구름, 맞은편에서 뻗어나가는 나뭇가지와도 잘 어울렸다. 그의 필체는 또 하나의 자연이었다.

현대미술관의 내부는 쾌적하고 모던했다. 전시는 스웨덴

아티스트의 생경한 작품들에서부터 파블로 피카소, 앙리 마티스, 살바도르 달리, 앤디 워홀 등 익숙한 화가들의 작품들까지 다양하게 볼 수 있었다. 사진, 회화, 조각, 비디오아트 등 지루할 틈 없게 프로그램도 좋았다. 한참을 감상에 빠져 있다가 자연스레 바라보게 된 커다란 창. 아니나 다를까, 창밖에는 살아 있는 그림이 펼쳐져 있었다. 시청 앞 정원에서, 그랜드 호텔 앞 벤치에서, 그리고 포토그라피스카 카페에서도 보았던 바로 그 멜라렌 호수의 파노라마. 오직 스톡홀름 현대미술관만이 가질 수 있는 회화였다. 의도적으로 창을 내어 마치 깊은 액자처럼 만들었음이 분명할 터였다. 라파엘 모네오가 아니라 그 누구라도 이 아름다움을 벽으로 막아놓을 수는 없었을 것이다.

셉스홀멘 섬에 있는 다른 박물관들은 과감히 포기했다. 박물관보다 섬 자체가 마음에 들어서 여기저기 무작정 걸어보고 싶었다. 울창한 나무들 사이로 예쁜 건물들이 하나씩 자리하고 있었다. 딱 이런 곳에서 살았으면 좋겠다고 생각하고 있

는데 이내 멜라렌 호수가 나타났다. 건너편으로 펼쳐진 감라스탄을 바라보며 산책을 했다. 물가에 늘어선 나무를 따라 천천히 걷고 있자니 세상 부러울 것이 없었다. 햇볕의 온기마저 적당했다. 그동안 굳어 있던 내 심장으로 무언가 말랑말랑한 것이 스며드는 게 느껴졌다. 뻣뻣한 감정들이 풀리고 갇힌 생각들이 숨을 쉬는, 이제야 좀 살 것 같은 순간이었다.

이번엔 나무들이 울창한 섬 안쪽을 향해 들어갔다. 나무들은 모두 색이 밝아서 마음까지 환해졌다. 한참을 걷다가 나뭇가지에 밧줄로 매달아놓은 그네를 발견했다. 보는 사람도 없고 그네도 튼튼한 것 같아 그 위에 털썩 앉아보았다. 고개를 들어 하늘을 보려 했더니 나뭇잎들이 사이에 끼어들었다. 그네를 묶어놓은 굵은 나뭇가지와 거기서부터 내려오는 그네줄도 보였다. 몇 발자국 뒷걸음질 친 다음 두 다리를 들고 그네에 몸을 맡겼다.

왔다…… 갔다…… 왔다…… 갔다…… .

삐걱거리는 그네 소리만 있을 뿐, 고요한 순간이었다. 눈을 감았다.

　스스스스스슥……. 바람이 나뭇잎을 쓰다듬으며 지나가
는 소리, 어디선가 문득문득 지저귀는 새소리가 숲을 채웠다.
거친 밧줄에 머리를 기댄 채 바람이 다시 돌아오기를, 새들이
더 노래해주기를 기다리며 나는 가만히 눈을 감았다. 이 세계
와 나, 그것만으로 충만한 순간이었다. 혼자라서 더 좋을 때
가 있다면 바로 이런 경우를 두고 말하는 것이리라.

이런 마을에서
살고
───── 싶었어

스톡홀름으로 여행을 떠나겠다고 결심한 뒤 조금씩 조금씩
정보를 모아가던 어느 날이었다. 스톡홀름을 배경으로 한 영
화를 보면 좋을 것 같아 찾아보기 시작했다. 2011년에 개봉
한 〈밀레니엄〉이란 영화는 스톡홀름이 배경이었는데 장르가
스릴러였다. 여행의 로망을 증폭시키기엔 적절하지 않은 것
같아 패스. 하지만 스톡홀름을 배경으로 한 영화는 찾기 힘들
었다. 그러다가 다시 하나 찾은 것이 〈마녀 배달부 키키〉였다.
미야자키 하야오 감독이 1989년에 발표한 애니메이션이었

는데, 스톡홀름뿐 아니라 유럽의 모든 아름다운 장소는 다 섞어놓은 듯한 배경이었다.

열세 살 키키는 마녀 수련을 위해 자신이 머물 마을을 하나 골라야 했다. 여행길에 나선 키키는 빗자루를 타고 어느 바다 위를 날아가다 시계탑이 보이는 해안마을을 발견하고는 한눈에 반하고 만다.

"나, 이런 마을에서 살고 싶었어!"

마음에 쏙 드는 마을을 눈앞에 두고 반짝이던 키키의 눈빛은 잊을 수가 없다. 〈마녀 배달부 키키〉는 제작 연도가 무색할 만큼 언제 봐도 빠져드는 애니메이션이다. 잘할 수 있는 건 하늘을 나는 일뿐이라 배달 서비스를 비즈니스모델로 하여 창업한 이야기 역시 시대를 초월한다.

키키가 느꼈던 감탄의 순간은 내게도 찾아왔다. 스톡홀름 구시가지의 아름답고 이국적인 골목길을 걷고 있자니 이런 곳에서 살고 싶다는 말이 줄곧 흘러나왔다. 운치 있는

창문과 대문, 걷고 싶은 길과 분위기 좋은 카페가 넘쳐났다. 좁은 골목길의 돌바닥을 사이에 두고 양옆으로 키를 맞춰 서 있는 중세 건물들은 아무리 낡았어도 얼마든지 고치며 살 수 있을 것 같았다. 손으로 그린 것같이 구부러지는 골목길은 마치 무지개의 둥근 곡선 너머처럼 신비롭게 느껴졌다.

무엇보다 매력적인 것은 바로 건물 외벽의 색채였다. 빨강, 파랑, 노랑…… 이렇게 단정 지을 수 없는, 잘 익은 호박색, 늦가을의 단풍색 혹은 신비로운 상아색, 오묘한 살구색이었다. 창틀은 짙은 녹색 또는 초콜릿 브라운으로 완벽하게 조화를 이뤘다. 건물의 색깔이 다양해 보여도 몇 가지 통일된 색상이 있어 어지럽지 않았다.

한 번쯤 살아보고 싶다는 생각이 끊임없이 드는 이곳은 스톡홀름에서 가장 감성적인 곳, 감라스탄^{Gamla Stan}이다. 13세기에서 16세기까지의 중세 건축물이 가득한 파스텔톤 구시가지. 하루 종일 걸어다녀도 떠나고 싶지 않은 좁은 골목길이 가득한 그런 곳이다.

감라스탄에서도 유명한 장소인 스토르토리엣^{Stortorget} 광장을 가보기로 했다. 색색의 아기자기한 건물들로 둘러싸여 있는 광장을 직접 볼 생각을 하니 기대가 차올랐다. 길이 통하는 곳으로 이리저리 다니던 중 마침내 어느 골목을 지나 광장에 도착했다. 생각보다 규모는 작았지만 컬러풀한 마스코트 건물들은 명성만큼이나 예뻤다. 카메라 셔터를 누르는 속도가 빨라졌다. 하지만 몇 컷 찍지도 못했는데 돌연 하늘이 흐려져버렸다. 해가 없으니 제 빛깔을 충분히 드러내지 못하는 것 같아 안타까웠다. 그때 내게 든 생각은, 이곳은 반드시 햇살 가득한 날에 다시 와야만 한다는 것이었다. 그래서 완전히 포기하고 숙소로 돌아가버렸다.

그러나 지금에 와서 생각해보니 흐린 날이면 어떤가 싶다. 나는 그날 흐린 날씨의 감라스탄을 느껴볼 기회를 놓치고 말았다. 어떤 이에게 '날씨 좋은 날'이란 잔뜩 흐린 날이라던데, 그때의 나는 흐린 날씨만이 줄 수 있는 매력 같은 것을 알 리 없는 초보 여행자였다.

어디선가 읽은 기억이 있다. 좋고 싫음이 있다는 것 자체가 욕심이라는 이야기. 흐린 날도 괜찮다고 생각하는 지금은 구름 낀 날씨마저 탐내는 나의 욕심일까, 아니면 오히려 욕심이 줄어든 것일까.

나를
—— 다시 쓰다

커튼 틈으로 새하얀 햇살이 스며들었다. 밤새 푹 잤는지 몸이 가벼웠다. 아침이 이렇게 가뿐하고 상쾌한 것이었던가. 단 오 분만이라도 더 자고 싶었던 평일 아침, 밀린 잠을 자느라 그냥 포기하고 말았던 주말 아침. 그 전까지 나는 아침을 잃어버린 채 살고 있었다.

생각해보면 어린 시절에는 좋은 아침이 꽤나 많았다. 학교에 안 가도 되는 소풍 날 아침, 맛있는 음식 냄새로 가득한 명절 날 아침, 반가운 친구를 만나기로 한 토요일 아침, 심지어 아무런 계획 없이 뒹굴거리는 일요일 아침 등등. 그러다 점점 뭔가 다른 것을 배우게 되었고, 하고 싶은 것을 생각하기보다는 해야만 하는 일을 고민하기에도 바빴으며, 나도 모르게 일상의 중력에 끌려가야 했다. 그렇게 즐거운 아침은 사라져갔다.

그런데 그날, 그 순간, 문득, 여행이 그 모든 것을 되살려주고 있다는 걸 알았다. 여행에서 아침은 아름다웠다. 나는 다시 아침을 누리기 시작했다.

이곳에서 아침은 하얗고 환했다. 내 마음도 똑같이 환하게 밝았다. 오랫동안 가득 차 있던 혼란들이 모두 지워지고 깨끗한 백지가 되었다. 따라서 새롭고 낯선 것은 온통 강렬한 자극이 되었고 언제든 어떤 생각이든 불러일으켰다. 사람마다 여행의 의미가 다르겠지만, 나는 자신을 고치고 확장할 수 있다는 데 기쁨을 느꼈다. 나를 찾기도 하고 나를 버리기도 하면서. 그렇게 나는 나를 다시 쓰기 시작했다. 동시에 스스로 원하는 하루를 살아야겠다는 생각을 처음으로 하게 되었다.

오늘은 또 어디를 가고, 무엇을 할지 기대하며 여행지에서의 하루를 그려보았다. '하루'가 이렇게 다를 수도 있다니. 여러 가지 하루 중에서 직장인의 하루를 내 의지로 선택해 살고 있는 게 아닐지도 모른다는 생각이 스쳤다. 학교를 졸업하고, 직장에 취업하고, 그 상태를 유지하는 것은 당연히 그래야 하는 인생의 순서라고 믿고 있었다. 이를테면 그것은 일종의 옳다고 여겨지는 관성 혹은 게임의 스테이지 같은 것이었다. 나는 매번 선택했지만 매번 중요한 것을 놓치고 있었다.

'그렇다면 나는 어떤 하루를 원하는 걸까?'

그날 이후로 나는 이 질문에 대해 자주 생각해본다. 치열하게 묻고 또 묻는다. 그 답을 찾아가기 위해.

혼자 하는
——— 여행의 매력

무엇이든 할 자유가 있는 여행자의 하루. 오늘은 조금 멀리 떨어져 있는 섬, 산드함Sandhamn에 가보기로 마음먹었다. 며칠 전 호숫가 선착장에 정박해 있던 하얀 보트에서 산드함이란 목적지를 보고 괜히 마음이 설렜던 그 기억 때문이리라.

계획에는 없던 일정이었지만 즉흥적인 아이디어에 하루를 맡겨보고 싶었다. 신이 나서 선착장에 도착했지만, 아쉽게도 배는 이미 떠난 뒤였다. 게다가 산드함으로 출발하는 배는 하루에 한 번밖에 없다고 했다. 모처럼 마음 내키는 대로 해

보려고 했는데, 그게 또 마음대로 안 되었다. 스웨덴 현지 사람들도 즐겨 찾는 휴양지라는, 아름다운 꽃이 핀 울타리와 소나무 숲, 바다가 어우러진 작은 마을이라고 했는데……. 나는 한없이 아득한 표정으로 수평선만 바라보았다.

아쉬운 대로 한 시간짜리 유람선 투어를 하기로 했다. 스톡홀름 카드로 발권을 하고 앞서 떠났던 배가 돌아오길 기다렸다. 나와 같은 배를 탈 사람들이 하나둘 모여들기 시작했다. 가족, 연인, 친구 등 모두 나름의 여행을 즐기고 있었다. 이 넓은 세상에서 너무나도 다른 그들과 내가 잠시 교차점을 이루는 순간이 있다는 게 신기했다. 이 사람들과 언젠가 운명적인 재회를 하는 기적 같은 일이야 없겠지만, 그 순간의 기억을 공유하게 될 인연임에는 틀림없었다. 외향적인 사람이라면 이 하나의 점을 선으로 이어갈지도 모르나, 내향적인 나는 그들을 통해 자신을 발견하는 쪽이다.

함께였을 때는 몰랐다. 외로움도 몰랐고, 동행의 소중함도 몰랐다. 가장 가까운 초점은 항상 곁에 있는 사람이었다. 불편도 그렇게 치명적이지 않았다. 그저 공감하고 투덜거리다 한바탕 웃으면 그만이기 때문이었다. 시간은 빠르게 흘렀고 추억이 남았다.

처음으로 혼자 여행해보니 나 홀로 여행에 대해 조금씩 느끼는 게 있었다. 혼자 하는 여행은 내게 마치 책을 읽는 것처럼 한 장 한 장 페이지를 넘기듯 걷는 일이었다. 미리 쓰여 있지 않은 책을 읽는 것 같기도 했고, 내가 이야기를 쓰며 다니는 것 같기도 했다. 어떻게든 읽든지 쓰든지 해야 했기에 마주치는 모든 사람과 사물에 더 민감해졌다.

말이 사라지자 생각이 차곡차곡 쌓였다. 재촉하는 사람이 없으니 발걸음이 느려졌다. 마음 내킬 때까지 주저앉아 있어도, 아무것도 보지 않고 지나쳐도 상관없었다. 아예 숙소에 틀어박혀 나오지 않아도 누구 하나 뭐라 하지 않았다. 데리고 다닐 동행은 마음밖에 없었다. 그래서 마음과 친해질 수 있었고, 마음을 알게 되었다. 혼자 영화를 보든, 혼자 술을 마시든 혼자의 매력에 빠진 사람이 그 행위를 포기할 수 없듯, 나 홀로 여행의 맛을 아는 사람도 혼자 떠나는 일을 멈출 수 없을 것이다.

모터 소리가 물결을 가르고 유람선이 돌아왔다. 사람들이 내리고 우리 차례가 되었다. 청량한 공기를 맘껏 마시기 위해 유람선 가장 뒤편으로 가서 자리를 잡았다. 안내용 헤드폰을 머리에 쓰고 출발을 기다렸다. 모터가 다시 돌아가고 출렁거리는 배는 어느새 멜라렌 호수를 가르며 나아갔다.

화려한 감라스탄 풍경을 지나 아담한 초록 섬과 작은 집들이 드문드문 이어졌다. 헤드폰에서 흘러나오는 지시에 따라 오른쪽을 보라면 오른쪽을 보고, 왼쪽을 보라면 왼쪽으로 고개를 돌렸다. 유명하다는 지점의 역사와 에피소드에 한동안 귀를 기울여보았지만 이내 하품이 났다. 나는 뭘 알고 싶기보다는 느끼고 싶었다. 헤드폰을 내려놓고 설명 대신 시시각각 변하는 풍경과 바람의 결 그리고 물소리에 집중했다. 채우기보다는 비워내자 다짐했다. 헤드폰을 벗어던지길 잘했다. 그 순간에는 그 편이 훨씬 나았다.

사람들은 모두 똑같은 것을 가지고 있었다. 바람에 부드럽게 날리는 머리칼을, 먼 곳을 응시하며 짓는 엷은 미소를, 일상을 잊고 영혼을 맡기는 듯한 은은한 눈동자를.

어둠을
기억해야 할
——— 이유

감라스탄을 다시 찾아간 것은 황금 같은 햇살이 내려앉는 어느 오후였다. 왕궁을 지나 감라스탄의 골목으로 접어들자 태양의 강렬한 빛이 찬란하게 반짝였다. 파스텔톤 건물들의 색채는 그 어느 때보다 생생하게 살아났다. 유리창으로는 반사된 하늘과 구름이 춤을 추듯 흘러갔고, 담벼락에는 담쟁이넝쿨이 나풀거렸다. 태양이 만들어낸 빛과 그늘은 굽이치는 골목길에 드라마가 되었고, 골목을 가득 채운 카페에서는 야외 테이블마다 유쾌한 대화가 넘쳐났다.

오가는 사람들의 발걸음으로 분주한 거리에 나는 서 있었다. 가게 앞에 놓인 작은 의자 하나, 대충 걸려 있는 간판 하나도 모두 사랑스럽고 예쁘기만 했던 그 골목들을 그날 나는 마음껏 헤집고 다녔다.

다시 찾은 스토르토리엣 광장. 알록달록한 마스코트 건물들은 빛을 제대로 받는 중이었다. 감상하기에 딱 좋은 위치에 기다란 벤치들이 늘어서 있었지만, 이미 자리를 차지한 사람들로 꽉 들어찬 뒤였다. 혹시 일어나는 사람이 있을까 주변을 서성이며 광장을 둘러보았다.

마스코트 건물들 중에서 가장 시선을 끄는 주인공은 가운데 있는 붉은색과 살구색 두 채의 건물이었다. 그런데 놀라운 사실은 이 귀여운 두 건물이 두 채가 아니라는 거였다. 원래는 각각 따로 지어진 건물이었는데, 17세기에 당시 왕의 비서였던 요한 샨츠Johan Eberhard Schantz가 소유하게 되면서 하나로 합쳤다고 한다. 덕분에 내부에는 중세 귀족의 럭셔리한 인테리어 흔적도 남아 있단다. 창문의 높이가 다르고 지붕도 나뉘

어져 있어 다시 보아도 따로따로인 것 같지만, 건물 경계를 보면 벽이 분리되어 있지 않고 단지 페인트칠로만 구분되어 있다는 것을 알 수 있었다.

이에 반해 광장 한 켠에는 아픈 역사의 흔적이 자리하고 있었다. 화사하고 아름다운 건물들에 둘러싸여 더욱 대비되는 회색빛 우물. 이 자리는 1520년 덴마크의 크리스티안 2세가 일으킨 '스톡홀름 대학살'의 처참한 현장이었다. 이 사건은 이듬해 구스타프 1세가 이끄는 독립운동의 결정적인 도화선이 되었고, 1523년 마침내 스웨덴은 독립을 이룬다. 이러한 역사의 생생한 증인으로서 수세기 동안 한을 달래왔을 '피의 우물'을 보니, 오늘 이 순간의 자유와 평화가 거저 얻어진 게 아니라는 사실이 더욱 실감 나게 와닿았다. 그래서 잊지 말라고, 이 끔찍하고 슬픈 우물을 그대로 두는 것일까.

나는 늘 인생에서 힘들었던 기억은 가급적 지우고만 싶었는데, 좋은 부분만 편집해서 간직하려고 노력했는데. 이 광장이 내 인생이라면 저 우물은 철거되고 없을 터였다. 하지만 과거의 고통을 기억한다는 것이 꼭 나쁜 것만은 아닐지도 모른다. 내 선택에 의해 철거된 인생의 어두운 조각들에게 조금 미안한 마음이 들었다. 어둠의 존재로 인해 빛이 더욱 빛나듯, 인생에서 힘들었던 시간들 덕분에 편안한 날도 있는 것인데 왜 반쪽을 외면하려 했던 것일까. 그것은 묻어버리기보다는 기억해야 할 의미 있는 시작점인지도 모른다. 어쩌면 인생은 어둠이나 빛 자체가 아니라, 어둠에서 빛으로 나아가는 그 사이 어딘가에 묘한 아름다움이 있는 것인지도 모른다.

광장을 벗어나 조용한 골목을 걷고 있을 때 문득 종소리가 들려왔다. 걸음을 멈추고 하늘을 올려다보았다. 그때 또 한 번 딩—. 스톡홀름의 종소리. 아무래도 간직해야겠다 싶어서 핸드폰을 꺼내려는데 딩— 다시 묵직하게 울렸다. 그것이 마지막이었다. 세 시였기에 세 번밖에 들을 수 없었다. 가방을 붙잡은 채 나는 다시 머리 위를 바라보았다. 최후의 울림이 하늘을 가르며 날아가고 있었다.

4부

진심으로 원하는 삶을 꿈꾸며

마지막과
—— 만족

스톡홀름에서 보내는 마지막 저녁이 다가오고 있었다. 남아 있는 해도 점차 떠나가는 중이었다. 시간의 속도가 야속했지만 그보다는 감사했던 순간이 많았다. 먼 훗날 죽음이라는 마지막 앞에서도 이 정도로만 만족할 수 있다면 얼마나 좋을까. 무슨 까닭인지 몰라도 나는 여행의 끝에 서면 늘 생의 끝이 떠올랐다.

마지막은 사람들이 북적거리는 곳에서 보내고 싶었다. 쇠데르말름의 고트가탄 ^{Götgatan} 이 번화가라고 하여 그쪽으로 향했다. 거리를 천천히 구경하며 걸어가면 좋을 것 같아 툰넬바나 두 정거장 전인 스칸스툴 ^{Skanstull} 역에서 내렸다.

스칸스툴 역 주변은 평범한 거리였다. 지극히 일상적인 스톡홀름 길을 걸으며 부동산과 약국, 편의점, 버스정류장 등을 지나갔다. 아쉽게도 그때는 거리에 펼쳐지는 일상의 모습이 어떤 쇼보다도 드라마틱할 수 있다는 것을 모르고 있었다. 다르게 살아가는 모습 못지않게 어디서나 똑같이 살아가는 삶의 모습도 아름답다는 것을 미련하게도 모르고 있었다. 그래서 정말이지 아무 생각 없이 멍하니 걸었다. 길을 잃은 것은 아니었지만 무엇을 봐야 할지 몰랐으니 헤맸다 해도 틀린 말은 아닐 터였다. 눈길도 발길도 마음도 그저 끌리는 대로 맡겼다.

메드보리야르플라첸 역을 지나 계속 걷고 있을 때였다. 놀이터 뒤로 작은 잔디 공원이 보였다. 푸른 잔디 위에 누워 여유롭게 햇볕을 쬐는 사람들의 모습에서 시선이 멈추었다. 낮

설었고 어색했고 그러면서 부러웠다. 공원 안쪽으로 들어가 보았다. 가까이에서 보니, 혼자 세상 편하게 누워 낮잠을 자거나 커플들이 나른한 데이트를 즐기고 있었다. 나도 그 장면의 일부가 되어보고 싶었다.

자리를 잡아볼까. 나는 그들 모두와 적당히 간격을 둔 어느 지점에 털썩 주저앉았다. 몸이 슬슬 뒤로 넘어갔다. 팔꿈치에 몸을 기댄 채 다리를 펴고 발을 꼬았다. 따스한 햇볕이 투명 이불이 되어 온몸을 감쌌다. 에라, 모르겠다. 아예 등을 대고 드러누웠다. 몸은 더할 나위 없이 편안했지만, 뾰족한 잔디가 피부에 닿아서였는지 안 하던 걸 해서 그랬는지 마음은 자꾸만 간질간질했다.

어느새 태양은 구름 뒤로 숨어버리고 곧바로 싸늘한 바람이 불어왔다. 이곳은 늘 이런 식이었다. 그러니 햇볕이 비출 때를 놓치지 말고 즐겨야 하는 것이었다. 툴툴거리며 일어나 옷을 털어내고 다시 가던 길로 돌아갔다.

여행의
——— 이유

어쩌면 사람은 어디에 있느냐에 따라 행동이 달라지는 건지도 모른다. 내가 스톡홀름이 아닌 다른 곳에 갔더라면, 다른 행동을 하고 다른 생각을 하고 다른 걸 느끼고 다른 사람이 되었을지도 모른다. 만일 그게 사실이라면, 진짜 그런 거라면, 나는 정말 전 세계를 다 다녀보고 싶다. 내가 어떤 사람인지, 아니 어떤 사람이 될 수 있는지 전부 느껴보고 싶다.

스톡홀름 이후로 지금까지 여행을 하는 동안 나를 자극한 것은 무수히 많았다. 이렇게도 해보고 싶고, 저렇게도 해

보고 싶고, 이것도 좋아 보이고, 저것도 멋져 보이고. 누가 뭐
라 하는 이가 없으니 다 욕심이 났다. 좋은 건 모두 다 내 삶
속으로 가져오고 싶었다. 하지만 그렇다고 해서 삶이 완벽
해질 것인가. 오히려 기형의 삶이 되는 것은 아닐까.

　내 것이 될 것과 아닌 것은 결국 시간이 걸러주었다. 시
간에 의지해 조금씩 내 것을 수집해나가는 것이 좋았다. 수
많은 것들이 스쳐 지나간다 해도 단 하나 내 것이 있다면 그
걸로 좋았다. 그것은 삶의 희망에 대한 것이기도 하고, 사람
에 대한 믿음 같은 것이기도 하며, 내가 행복해하는 순간에
대한 것이기도 했다. 그것은 식물처럼 자라났고 잎도 생겼고
조금씩 마음의 숲을 이루었다. 이제 죽을 때까지 그 숲을 가
꾸면서 살면 될 것 같았다. 그게 꿈이고, 그 꿈속에서 살아가
는 것이 나의 삶이 되었으면 좋겠다.

　스톡홀름을 여행했을 당시에는 마음에 빈 땅이 유난히 많
았기 때문에 채울 것도 넘쳤다. 마지막이 싫으면서도 좋았던
것은 그래서였을 것이다.

여행과
일상의
───── 교차점

어떤 여행지는 한 번 가본 것으로 족하고, 어떤 여행지는 다음을 기약하게 된다. 내게 스톡홀름은 당연히 후자에 속한다. 꼭 다시 와야지, 하는 생각을 정말 얼마나 많이 했는지 모른다.

저녁 시간으로 접어들자 사람들이 북적이기 시작한 고트가탄 거리. 헬멧까지 착용한 늘씬한 자전거 부대가 떼를 지어 지나갔다. 메드보리야르플라첸 역을 지나면서부터는 쇼핑

가가 나타나기 시작했고 그만큼 사람들도 많아졌다.

모두 무심한 듯 멋을 내고 거리를 활보했다. 젊음의 활기와 세련된 분위기가 곳곳에 흘렀다. 옷가게 쇼윈도 앞에서는 에코백을 든 남자들이 막 도착해 인사를 나누고, 한쪽에 즐비하게 세워져 있는 자전거 뒤로는 금발머리 여자가 헬멧을 벗으며 또 하나의 자전거를 세우고 있었다. 그런 비슷한 남녀들이 그들만의 낭만으로 고트가탄 거리를 채웠다. 스톡홀름의 청춘들은 이곳에 다 모여 있는 것 같았다.

쇼핑의 시간. 감라스탄이 대문을 열어보고 싶은 집들로 가득하다면, 고트가탄은 지갑을 열고 싶은 가게들로 넘쳐났다. 그때 나는 애써 쇼핑의 욕망을 억누르고 한국으로 돌아간 후 일상에서 사용할 수 있는 것들로 몇 가지를 샀다. 주방 장갑과 캔버스백, 화병 등등. 이 물건들은 살 때는 용도만으로 선택되었지만 돌아와서는 그때의 여행을 추억하게 하는 감성적 사물로 존재하게 되었다.

내가 다녔던 여행의 아우라로 생활이 둘러쌓인다는 건 꽤

나 행복한 일이다. 가스레인지에서 김치찌개 냄비를 내리다가도 주방 장갑에 묻어 있는 옅은 설렘을 느낀다. TV를 켜고 끌 때마다 그 앞의 화병에 담겨 있는 스톡홀름의 향기를 떠올린다.

여행지에서 입었던 옷을 똑같이 입고 외출하는 것도 기분 좋은 일이다. 어떤 여행지에서 오랫동안 입었던 옷은 그 여행을 떠올리게 했고 그 옷에는 감정이 생겨났다. 그런 게 나는 좋다. 그래서 이후의 여행에도 일상에서 매일 입을 수 있는 평범한 옷을 택해 입었고, 그렇게 옷장에는 하나씩 하나씩 여행의 추억이 걸리게 되었다.

조명가게, 시계가게, 그릇가게, 옷가게, 서점과 카페와 레스토랑 등 시간 가는 줄 모르고 기웃거리다 보니 해는 저물었고, 어느새 나는 슬루센Slussen 역 앞까지 와 있었다. 포스터 하나, 낙서 하나까지도 여전히 궁금하고 신기한 것투성이였지만 이제 스톡홀름에서의 귀가도 마지막이었다. 그리고 마지막 밤, 마지막 식사, 마지막 아침. 계속 마지막이라는 단어를 여기저기에 갖다 붙이며 멜랑콜리한 감상에 젖어들었다.

특별할 것 없이 툰넬바나를 탔다. 타면서 무의식적으로 카드를 꺼냈다. 플랫폼으로 내려가는 발걸음도 자동으로 움직이고 타고 내리는 리듬도 자연스러웠다. 생각하지 않아도 몸이 알아서 움직이는, 일상 같은 느낌이 아련하게 퍼져나갔다. 일상적이고 사소한 일들이 아름답게 느껴졌다. 이런 느낌이야말로 여행이 마지막으로 주는 선물 같았다.

삶의 의미를
── 찾아서

왜 사는 걸까. 나는 이 생각을 자주 하곤 했다. 힘들어서 죽고 싶다, 라기보다는 왜 사는지 까닭을 모르겠다는 공허감이 더 컸다. 인파 속에서 사람들을 바라보면 어딘가로 바삐 향하는 그들의 발걸음처럼 살아가는 이유도 단호하고 망설임 없어 보였다. 술자리에서 지인들에게 물어보면 돌아오는 건 술잔 아니면 핀잔이었다. 사는 일에는 기쁨도 있고 슬픔도 있지만 죽으면 어차피 느끼지 못할 일인데, 대체 무엇을 위해 사는 걸까 싶었다.

나는 삶의 정의가 필요한 사람이었다. 그것 없이는 도저히 모호해서 안 될 것 같았다. 아무도 정의를 내려주지 않았으므로 스스로 찾아야 했다.

처음에 찾은 것은 '삶은 여행이다'였다. 그걸 붙잡고 몇 년을 살았다. 여행길이 다 좋을 수 있나, 맑은 날도 있고 흐린 날도 있지, 길이 평탄할 수도 있고 험할 수도 있지, 하면서. 그러나 해결되는 것은 없었다. 내게 주어진 여행이 마음에 들지 않았다. 타인의 여행과 비교하니 걷고 싶다는 의지는 점점 더 줄어들었다. 어쩔 수 없이 걸어야만 하는 고통스러운 여행이 되고 있었다. 나는 이 정의를 버리고 새로운 정의를 찾기로 했다.

'삶은 선물이다.' 이것이 두 번째로 선택한 삶의 정의였다. 누군가 삶은 선물이라고 했다. 밤하늘의 별과 달, 아름다운 산과 바다, 세상 자체가 나를 위한 것이고, 그 진리를 느끼며 항상 감사하며 살면 되는 거였다. 나는 굳게 믿었다. 정말 감사했고 기쁜 날도 많았다. 있으면 있는 대로, 없으면 없는 대로 주어진 것에 만족할 줄 아는 마음을 이때 많이 배웠다. 타인의 기쁨과 슬픔을 함께 나누고 공감하는 날들을 보냈다. 하

지만 거기까지였다. 고통과 선물은 여전히 모순이었다.

　삶이란 뭔가 좋은 것이어야 한다고 믿었던 것 같다. 아니, 사람은 바라는 대로 믿는 버릇이 있기 때문에 좋은 것이길 바랐던 게 먼저였을 것이다. 아마도 거기서 모든 문제가 시작되었을 것이다.

　한동안 삶의 정의를 비워둔 채 살았다. 그러면서도 여전히 왜 사는 걸까 하는 질문은 끊임없이 나를 귀찮게 했다. 죽는 순간에도 왜 살았던 걸까 궁금해하며 눈을 감는 건 아닐지 걱정될 정도로 내게서는 떨어져 나가지 않는 무엇이었다.

　다른 나라 사람들은 어떻게 살까. 이 질문도 그런 까닭으로 갖게 되었다. 스톡홀름 사람들은 자기 삶에 대한 만족도가 높다는데, 어떤 곳이기에 그럴까 싶었다. 여행을 가면 산다는 것에 대한 질문을 해결할 수 있을 듯 기대를 안고 떠났다. 하지만 기다리고 있던 답은 기대를 완전히 벗어난 것이었다. 여행은 삶이라는 문제가 아니라 나를 풀어내는 일이었다.

　스톡홀름을 여행하며 그동안 내가 나에 대해 참 몰랐었다는 사실을 깨달았다. 삶에 대한 답이 모호했던 건, 삶과 나 중에서 내가 모호했기 때문이었다. 그때부터 질문은 나를 향해 쏟아졌다.

넌 언제 행복하다고 느끼니?

넌 언제 슬퍼져?

화날 때는 언제야?

좋아하는 건 어떤 것들이야?

싫어하는 건?

왜 그런 것 같아?

어떤 일을 하고 싶어?

어떤 삶을 원해?

네가 할 수 있는 건 뭐지?

이런 질문을 한 번도 스스로에게 제대로 해본 적이 없다는 걸 깨달았다. 왜 살아야 하는지에 대해서는 대답할 수 없지만 이런 질문에 답하는 건 막막하지 않았다.

떠오르는 모든 질문들을 던졌다. 그러자 신나게 답하는 다른 누군가가 있었다. 묻는 내가 아니라 답하는 나. 있는 줄도 몰랐던 또 다른 나와 나는 긴 대화를 나눴다. 이것이 '자기 대면'이라는 것인지, 아니면 프로이트가 말한 '이드'를 인식한 것인지 알 수 없다. 하지만 그 순간을 계기로 나는 깨닫게 되었다. 나를 아는 것, 다시 말해 내 욕구와 내 능력을 잘 아는 것이 무엇보다 중요하다는 것을. 모든 것이 거기서 출발하고 끝난다는 것을. 삶을 찾지 말고 나를 찾으면 된다는 것을.

시간의 길을
—— 걸어가다

삶에 있어 길은 항상 여러 갈래라고 생각했다. 눈앞에는 여러 갈래의 길이 있고 나는 어떤 길로 가야 할지 알 수 없어 엉거주춤 서 있는, 그런 장면. 어떤 길이 정답일까. 정답을 맞추어야 할 것 같았다. 그중에서 하나의 길을 선택하긴 했다. 가지 못했던 다른 길을 떠올리며, 이 길이 맞을까 또 불안해하곤 했지만.

　길이 몇 개인지 알 수 없을 때도 있었고, 하나밖에 남지 않은 길이 사라져버릴 것 같은 날들도 있었다. 길은 외부에서 주어졌고 나는 끊임없이 해석을 해야 했다. 길을 믿을 수 없었다.

스톡홀름에서 타인을 신경 쓰지 않고 자신만의 삶에 집중하며 살아가는 사람들을 보았다. '자기'라는 축이 명확하게 서 있는 것 같았다. 누구나 인정하는 최고의 객관적 행복이 아니라, 각자만의 주관적 행복이 있고, 그것을 누구나 인정하는 것 같았다. 그것을 마치 지문처럼 각자가 가진 행복의 무늬라고 한다면 나도 나만의 무늬, 그런 걸 갖고 싶었다.

자신만의 것을 추구하는 게 행복을 위해 적절한 일이라면 길도 마찬가지일지 모른다는 생각이 들었다. 여러 갈래의 길 중 선택할 것이 아니라 나만의 길을 만들면 될 것이라고. 그런 까닭으로 내 머릿속 길에 대한 상상도 장면을 바꾸었다. 이제는 앞을 바라보며 단 하나의 길을 걸어간다. 그것은 땅의 길이 아니라 시간의 길이다.

나에게 주어진 한 번뿐인 시간을 걸어가는 것이 삶의 여정이라고 상상해본다. 이 여행은 패키지가 아니라 자유 여행이라서 길은 비어 있고 채우는 것은 여행자의 몫이다. 누가 대신 걸어줄 수 없는 나만의 길을 어떤 풍경으로 채울지는 나에게 달려 있다. 마치 스톡홀름에 처음 도착했던 날 어두운 공항 로비 한가운데에서 여행을 즐기는 것도, 즐기지 않는 것도 내 몫이라고 느꼈던 것처럼 말이다.

어떤 길로 가야 할까보다는 무엇으로 채울까 고민한다. 나름대로 의미 있는 것들로 채우고 싶어 그런 마음으로 세상을 바라본다. 세상과 사람과 삶의 아름다움이 보이기 시작한다. 그 아름다움을 발견하는 것이 행복해, 나만의 길은 그 발견의 과정으로 채우기로 한다.

길은 계속될 것이다. 아름다움으로 채워진 시간이 꽃처럼 놓이기도 할 것이고, 때로는 빈 시간만 황무지처럼 이어지기도 할 것이다. 하지만 아무래도 괜찮다. 그 모든 풍경이 오롯이 나만의 무늬가 될 것이기에. 내가 사랑하는 무늬로 남을 것이기에.

계획보다 흐름을
──── 믿으며

"인생의 시계를 되돌릴 수 있다면, 당신은 언제로 돌아가고 싶으세요?"

TV나 잡지의 인터뷰에서 가끔씩 이런 질문을 볼 때마다 나는 혼자서 대답하곤 했다.

"나는 돌아가고 싶지 않아요. 힘들게 지나온 시간들을 다시 반복하고 싶지 않거든요. 난 지금이 좋아요."

그렇게 나는 믿어왔다. 무엇이 그리도 힘들었기에 그러느냐고 묻는다면 나의 상황이 그랬다고 할 수도 있고, 내가 못

나서 그렇게 받아들이며 살아왔다고 할 수도 있을 것이다. 중요한 것은 그만큼 시간을 되돌리고 싶은 적이 없었다는 사실이다. 그런데 이번 여행만을 두고 물어본다면 내 대답은 달라진다. 시간을 되돌려 스톡홀름에 도착한 날로 다시 돌아갈 수 있다면 같은 시간을 더 잘 채울 수 있을 거라는 생각이 들었다. 버틴 시간은 되돌리기 싫어도 즐긴 시간은 되돌리고 싶어지는 모양이었다.

여행의 첫날로 다시 돌아간다면 계획에는 덜 얽매이고 그날 그 순간의 발견을 즐기는 데 더 집중할 것 같다. 계획대로 움직인 여행이 나쁜 건 아니지만, 계획하지 않았던 여행에는 뜻밖의 기쁨이 있었다. 그때부터였던 것 같다. 내 머리로 짜는 계획보다 우연, 아니 자연스러운 흐름에서 더 멋진 일들이 벌어진다고 믿게 된 것이.

흐름을 믿는다는 것은 직감을 믿는다는 것과 통했다. 내 안에 있는 알 수 없는 모든 감각이 내 욕심과 계산보다 나를 더 잘 알고 있는 듯했다. 그 감각을 따라 매 순간 원하는 방향을 결정하며 걸어갔다. 그곳에서 예측할 수 없는 일들은 일어났고, 그래서 기쁨은 감동이 되곤 했다. 실망한 기억은 별로 떠오르지 않았다. 실망한 경우가 없었기 때문이 아니라 쉽게 잊어버렸기 때문에 그런 것이다.

흐름을 따라 여행한다는 것은 모르는 길을 헤맨다는 면에서 방황과 닮았지만 길을 두려워하며 더듬는 것과는 달랐다. 중요한 것은 스스로 결정하며 나아가는 기쁨이었다.

그래서인지 계획을 생각하면 불안하거나 신경 쓰이던 것도, 흐름을 따라 가는 여행에서는 기대로 바뀌었다. 인생은 한 번의 산책이나 여행보다 훨씬 복잡하지만, 그럼에도 불구하고 나는 흐름을 믿어보기로 했다. 철저한 계획보다 자연스러운 흐름 속에 있을 때 어떤 일이 일어날지 더욱 궁금해졌다. 남은 일은 매 순간 최선을 다하는 것뿐. 최선은 또 다른 최선을 불러낼 것이다.

꿈속에서
——— 살아가기

자신이 원하는 삶을 살겠다는 사람에게 꿈은 없어서는 안
될 것이지만 아이러니하게도 나는 꿈의 아우라를 별로 좋아
하지 않았다. 꿈은 이상한 것이었다. 세상은 꿈이 좋은 것이
라고 말하면서 자꾸만 아주 높거나 먼 곳으로 데려갔다. 그
건 너무 좋은 것이기 때문에 그것 없이는 슬퍼질 수밖에 없
는 거라고 했다.

꿈은 무거운 것이었다. 꿈을 꾸는 사람은 무게를 감당해야
했다. 꿈의 찬란한 빛은 역도 선수처럼 번쩍 들어올렸을 때에

만 비치는 것 같았다. 힘이 빠지면 안 되는 일이었다. 꿈이 이런 거라면 대체 뭐가 좋다는 건지 싫었다. 꿈은 나를 힘들게 했고, 나는 꿈을 잊어갔다.

꿈을 다시 삶으로 데려오기 위해서는 꿈과 화해해야 했다. 이제 나만의 무늬를 꿈꾸게 되었으므로 꿈을 바라보는 방식도 나만의 시선으로 바꾸어야 했다. 나는 꿈이 이랬으면 좋겠다.

소소하고 사소한 일들도 꿈이라고 부를 수 있었으면 좋겠다. 내가 아주 예쁜 날 우연히 첫사랑과 마주치는 게 꿈이에요, 푸른 나무와 꽃이 가득한 정원을 갖는 게 꿈이에요, 쨍하게 맑은 날 소금사막에 가보는 게 꿈이에요, 쏟아질 듯 별이 가득한 밤하늘을 다시 보는 게 꿈이에요. 뭐, 그럴 수 있었으면 좋겠다. 정원에 나무가 하나여야 하는 것이 아니듯 삶에도 꿈이 여러 개였으면 좋겠다. 그래서 꿈에 대해 늘 할 이야기가 많았으면 좋겠다.

꿈이 뭐예요, 하고 물었을 때 이런 대답을 주고받았으면 좋겠다. 작가가 되는 것이 아니라 어떤 글을 쓰고 싶은지가

꿈이었으면, 화가가 되는 것이 아니라 어떤 그림을 그리고 싶은지가 꿈이었으면, 의사가 되는 것이 아니라 어떻게 사람을 치유하고 싶은지가 꿈이었으면, 어떤 직장이 아니라 어떤 일을 하고 싶은지가 꿈이었으면, 그래서 꿈에 대한 이야기란 그런 과정들에 대한 이야기였으면 좋겠다.

태어난 날부터 숨 쉬는 모든 날을 '삶'이라고 부르듯, 꿈꾸기 시작한 날부터 꿈을 위해 일하는 모든 날을 '꿈'이라고 불렀으면 좋겠다. 꿈속에 살았으면 좋겠다.

새싹과 푸른 잎과 열매와 낙엽을 각각 사랑하듯, 꿈의 시작과 성장과 성취와 잊혀짐을 사랑할 수 있었으면 좋겠다. 계절을 사랑하듯, 우리의 모든 날들을 사랑할 수 있기를 꿈꾼다.

오늘이
──── 마지막인 것처럼

체크아웃 시간인 정오까지 미적미적 여유를 부린 다음, 오후
네 시 십오 분에 예약된 인천행 비행기를 타기 위해 아를란다
공항으로 출발했다. 가능한 한 천천히 헤어지고 싶어 아를란
다 익스프레스 대신 공항버스를 타기로 했다. 호텔에서 나와
중앙역까지 천천히 걸었다. 버스터미널 자동 발권기에서 표
를 사고 버스를 기다렸다. 버스는 어김없이 도착했고 망설임
없이 출발했다. 마음은 아쉬움에 갈피를 잡지 못했다.

창밖으로 스쳐가는 평범한 거리를 어느 때보다 애정 어린

눈으로 바라보았다. 마지막의 힘이었다. 오늘이 마지막인 것
처럼 살라는 말은 바로 이런 마음으로 살라는 뜻일까.

버스는 곧 시내를 벗어나 고속도로로 접어들었다. 풍경은
단조로워지고 나무와 들판만이 이어졌다. 사실 보이는 것은
중요하지 않았다. 차창 밖의 풍경이 무엇이든 조금 더 시간을
끌고 싶었을 뿐이다. 그래서 한 시간이나 걸리는 버스를 선택
한 거였다.

아직 형체가 드러나지 않은 폴라로이드 사진 같은 느낌을
간직한 채 이런저런 생각을 했다. 이곳에 다시 올 수 있을까?
그때는 스스로에게 그런 것을 물었다. 여행은 망설이고 망설
인 뒤에야 할 수 있는 일이었고, 몇 번이고 계속 할 수 있는 일
이 아니었다.

하지만 지금은 달라졌다. 정말 원한다면 떠나면 되는 일
이다. 이 단순한 생각이 그때는 왜 그리도 복잡하고 어려웠을
까. 왜 그리도 크게 느껴졌을까. 왜 그리도 스스로를 작게만
생각했을까.

마지막이 되고서야 깨달았다. 매 순간이 되돌릴 수 없는 소중한 기회라는 사실을. 이 말은 익히 알고 있었음에도, 정 들기 시작한 도시를 떠날 때가 돼서야, 매 순간이 지나감과 동시에 붙잡을 수 없이 사라지는 것을 목격하고 나서야 그 의미를 생생히 실감하게 되다니. 마지막은 모든 것을 소중하게 만들었다.

마지막 순간에 모든 것이 소중해지는 이유는 사라짐 때문일 것이다. 사라진다는 상상을 하면 모든 것에 더 애착이 생겼다. 물건이든 사람이든 아끼고 싶으면 마지막을 상상해야겠다.

마지막일지도 모르니까, 마지막이면 어떡해,
마지막일 수도 있으니까, 그래야겠다. 그러면,
더 오래 보게 되겠지. 더 깊이 보게 되겠지.
마음으로 보게 되겠지.
계산 같은 건 하지 않겠지. 미워할 시간도 아깝겠지.

더 사랑하겠지.

내 인생도 존재도 매 순간이 마지막이다. 매 순간 되돌아올 수 없는 시간의 길을 걸어가고 있다. 떠나는 것이다. 사라지고 사라지며 또 사라지고 있다. 원하는 삶을 미루지 말라며. 원하지 않는 삶에게 자꾸 양보하지 말라며. 오늘이 마지막이라도 후회하지 않도록 그렇게 살라는 유언을 남기고 있다.

낯선
—— 출발

비행기는 왔던 길을 되돌아갔지만 나에게 그 길은 같은 길이 아니었다. 익숙한 일상을 향한 낯선 출발이었다.

다시 비행기는 코펜하겐과 상하이 공항을 거쳤다. 엄격한 입출국 심사를 받을 때마다 마치 '당신은 새로운 삶을 살 자격이 있는가?'도 함께 심사받는 것 같았다. 마음 하나 달라진 것만으로 인생이 변할 수 있을까. 나조차도 자신이 없었다. 심사 결과는 유예되었지만 나는 계속 나아갔다.

마지막까지도 떠나지 않는 과거의 주인공들이 나를 가로

막았다. 그런다고 달라질 게 있겠느냐는 의심, 현실이 그리 만만하냐는 협박, 하고 싶은 게 있다 해도 해낼 수 있을지 알 수 없다는 두려움, 이 모든 것이 또 하나의 발버둥에 지나지 않을 거라는 허무가 난기류처럼 마음을 흔들었다. 하지만 난기류의 경보가 대체로 정상화 되듯 마음도 곧 순조로운 기류를 되찾았다. 나의 비행은 나라를 건너온 것이 아니라 나를 건너온 것이었다. 그리하여 나는 또 다른 나에게 도착했다.

집은 그대로였다. 모든 것들이 두고 간 대로 흐트러짐 없이 놓여 있었다. 이 사람이 나였구나. 나는 떠나기 전의 내 모습을 떠올렸다. 그 사람은 내가 예전에 생각했던 것보다는 조금 더 나은 사람이었다. 조금 더 수고한 사람이었다.

그 사람 앞에서 여행의 짐을 풀기 시작했다. 한 무더기의 빨랫감과 아직 스톡홀름의 흙이 묻어 있는 운동화, 그리고 양이 줄어든 화장품. 그것들을 꺼내며 온통 집을 어지럽히는 사이 조용히 짐 속에서 뭔가가 딸려 나오는 것이 느껴졌다. 달라질 미래를 향한 기대, 이미 소유한 것에 대한 감사, 이제는 가져도 된다고 믿는 것들에 대한 기쁨, 그리고 스톡홀름과 기억해야 할 것들.

홀로 자유롭고 당당하게 존재하며 그런 서로를 인정해주는 관계. 혼자서도 잘 살아가고, 함께도 잘 살아가는 적절한 균형의 삶. 남들과의 경쟁보다는 내 앞에 펼쳐진 길을 즐겁게 걸어가는 것. 이런 것들이 스톡홀름과 내가 서툴게 나누었던 교감이었다.

부러워만 하다가 올 줄 알았는데 이상했다. 벗어나고 싶었던 삶과 일상을 오히려 사랑하게 되었다. 그리고 무엇보다 그 누구의 것과도 비교 대상이 아닌, 나만의 무언가를 만들어 나가야겠다는 다짐을 하게 되었다. 왜 스톡홀름이어야 했는지 이제야 알 것 같았다.

고마워, 다시 사랑할 수 있게 해줘서.

기억할게, 눈부시게 아름답던 너의 이야기.

여행 그 후의 삶

스톡홀름 여행을 계기로 내 삶은 조금씩 달라지기 시작했다. 해야 하는 것과 하고 싶은 것 사이에서 갈등하는 순간에 후자를 선택해도 된다는 믿음이 생겼다. 무엇이든 나 자신이 제일 중요하다는 것을 깨달았기 때문이었다. 그 깨달음은 결국 내가 원하는 대로 한번 살아보자, 로 삶의 방식을 바꾸게 해주었다.

원하는 대로 살기 위해서는 먼저 하고 싶은 일을 찾아야 했다. 그 일로 채워질 하루하루가 즐거울 수 있는, 더욱이 지속적으로 할 수 있는 일을 찾아야 했다. 하지만 왜 살아야 하는지를 붙잡고 끙끙댔던 나에게 하고 싶은 일이 기다리고 있을 리가 만무했다. 그렇더라도 그 일을 꼭 찾고 싶었다.

나는 내가 할 수 있는 일, 좋아하는 일, 잘하는 일에 대해 적어보았다. 또 여러 가지 새로운 일을 떠올려보았다. 하지만 어떤 일에도 확신이 들지 않았다.

고민하기를 잠깐 멈추고 나는 마음이 끌리는 책을 찾아 읽기로 했다. 어떤 작은 실마리라도 발견하길 바라는 마음으로. 도서관에서 한 번에 빌릴 수 있는 최대치인 다섯 권씩 빌려 닥치는 대로 읽어보았다. 그러던 어느 날 드디어 기묘한 떨림을 느끼게 하는 책을 발견했다. 바로 윌리 로니스^{Willy Ronis,} ^{1910~2009}의 《그날들》. 마지막 장을 덮었을 때는 가슴속에 따뜻한 무언가가 차오르기까지 했다. 그래, 이거다, 하는 어렴풋한 확신도 들었다. 책 속의 사진에서 인간과 삶을 향한 강한 애정이 그대로 전달되었기 때문이다. 삶의 의미가 중요했던 나에게 이런 것이야말로 죽을 때까지 추구해도 후회하지 않을 무엇이 될 수 있을 것 같았다.

그때부터 혼자서 진지하게 사진을 공부하기 시작했다. 잘 찍는 법부터 사진이란 무엇인지에 대한 본질적인 것들까지 배워갔다. 사진으로 내가 무엇을 할 수 있을지를 궁금해하면서.

사진은 결국 보는 일이었고, 사진을 알아갈수록 보이지 않던 것들이 보이기 시작했다. 나는 점점 더 사진의 매력 속으로 빠져들었다. 해석할 수 없는 무수히 많은 것들을 담을 수 있다는 게 좋았다. 삶의 모습을 말없이 느끼는 게 좋았다. 사진 속의 인물이 의미 있을수록 그 속에서 내 존재의 의미도 발견하는 느낌이었다. 그리고 그 의미는 다시 이야기가 되어 글로 태어났다.

글을 쓰든 사진을 찍든 내가 바라보고 싶은 것은 인생이 아름답다는 말을 믿게 해주는 무엇, 삶을 의미 있게 해주는 무엇이다. 감각이 가장 예리해지고, 익숙한 것도 낯설게 다가오는 까닭에 나는 주로 여행을 하며 그런 것들을 발견해내곤 한다. 그 발견이 내가 모르는 어떤 이에게 '알 수 없는 아름다운 위로'가 되길 바라면서 말이다.

이 책도 마찬가지다. 내가 찾아낸 의미를 다른 사람들도 똑같이 느끼긴 어렵겠지만, 내가 경험했던 무엇이 다른 사람을 조금이라도 위로할 수 있다면 더 바랄 것이 없겠다는 마음, 매일매일 그런 마음으로 이 책을 썼다.

5층 내 방의 창문을 열고 얼굴을 내밀어본다. 멀리 보이는 산과 내 방 창 사이에 빼곡히 들어선 아파트와 집들을 바라본다. 오랫동안 하늘을 눈에 담고 산들거리는 바람을 마시며 햇볕에 잠겨본다. 창문 밑에는 이웃집에서 가꾸는 화단과 장독대 그리고 낮잠 자는 고양이가 있고, 내 등 뒤에는 어제 읽다 만 책, 쓰다가 멈춘 글이 있다. 빛나는 여행의 시간과 투명한 고요와 함께.